정원

식물 '하는' 사람. 식물 가게 '목요일의 식물' 대표로
식물 관련 다양한 콘텐츠를 만들며 차 브랜드 '머트리'를
운영하고 있다. 잎사귀와 꽃들 가운데를 글의 행간처럼
가르는 형식미를 유지하며 먹고 자고 노동하고 쓴다.
『작고 소중한 나의 텃밭』『떡볶이 공부책』『짜장면 공부책』
『아이스크림 공부책』 등을 썼다.

정원의 말들

정원의 말들

식물에게서 배우는 법

정원 지음

들어가는 말
일이 이렇게 된 것은, 그날이 유월이었고
장미가 피어 있었고

뜻대로 이루어지지 않는다, 산책은. 고요한 걷기일 때도 있고 숨이 턱까지 차오르는 달리기일 때도 있는데 계획했던 대로 된 적은 거의 없다(당신이나 내 하루처럼). 산책이나 걷기 같은 명사는 애초에 '이루다'라는 동사와 호응하지 않는다. 짐작하듯 내 훼방꾼은 식물이다. 걷다가 휙 스친 작고 하얀 패랭이꽃을 다시 보려고 방향을 튼다. 미처 이름을 묻지 못한 풀에게로 돌아간다.

피아니스트에겐 악보가 있고 서퍼에겐 파도가 있고 소설가에겐 플롯이 있듯 내게는 식물이 있다. 밤길 상향등을 비추면 선명하게 보이는 이정표처럼 식물은 보고자 하는 이 앞에 펼쳐지고 듣고자 하는 이 곁에 울린다. 소리를 가진 적 없으나 온갖 은유와 상징을 내포한 언어이고 뼈와 살로 움직이지 않으나 땅 밑과 허공을 단번에 가로지르며 유영하는 바람의 표상, 식물.

처음 이 책의 제목은 『식물의 말들』이었다. 편집자는 내가 무엇을 써도 다 그대로 두었는데, 그러다 보니 식물이 가졌을지 모르는 투명한 날개나 식물의 모국어와 외국어, 시간으로 이루어진 잎사귀도 가지도 아닌 근육, 사람 곁을 스치는 나뭇잎에서만 피어나는 먼지들로 이루어진 층리…… 이런 것들이 쌓이게 되었다. 린네식의 명명법을 벗어나 어린이나 시인의 시선으로 식물을 담아내려고 했다(물론 생각뿐이었지!). 그 욕심을 끝까지 부리다가 돌이킬 수 없을 때쯤, 출판사에서 조용히 건넨 제목이 지금의 『정원의 말들』이다.

늘 맴돌기만 하던, 식물과 계절과 자연을 편애하던 문장들은 이 정원에서 선명해졌고, 수차례 피고 졌고, 무더기로 안겨왔다. 우리 곁에서 수많은 꽃과 잎 들이 피고 지는 동안, 나는 그런 우리를 이해하려 수없이 내 정원을 드나들었다. 정원의 울타리를 넘으며 문장은 고쳐졌고, 넘치는 말은 다듬어졌다. 정원은 좀 더 간소해졌다.

여느 연두 풀밭도 좋고, 꽃들이 차례로 피고 지고 또 한 번에 흔들리는 극적인 언덕도 좋지만, 무엇보다 정원이라는 말은 머물 수 있는 공간이어서 좋다. 각자의 울타리에 역사와 감정이 고스란히 담긴 사적인 정원은 심장을 쿵 하게 하는 힘이 있다. 울타리 안에 내 이야기를 쌓는 뜨거움으로 울타리 밖 그대의 정원을 힐긋거린다. 나는 그것이 좋았다. 소통한 적 없고 낯도 모르는, 그대의 정원을 상상하는 것이. 이것은 그 미지의 영역, 초록의 캔버스 위를 헤맨 날들의 기록이다.

설렌다. 꽃말이 나열된 책의 좋은 종이가 된 기분이다. 조금 전까지 다투던 마음은 어딘가로 사라지고 나는 순간의 의미를 찾아 몸을 낮추고 땅바닥에 엎드려 흩날리는 줄기와 이파리들을 매만진다. 그러면 새봄 돋아나는 버드나무 여린 잎들이 몸을 흔들며 허공에 던지던 찬란한 말들만이 떠오르는 것이다. 안녕, 빛,

바람, 친구, 책, 잠시…… 아, 잠시는 '잠'과 '시'로 이루어진 '매우 중요한 순간'이라는 뜻의 말 같다.

이 책을 펼친 독자들이 '잠시' 우리의 정원, 식물 곁에 같이 누울 수 있다면 좋겠다. 느슨하게 풀어 둔 셔츠 단추 사이로 흐트러진 자세 틈으로 찬란한 식물의 단어들이 출입하도록 허락하면 좋겠다. 식물이 펼쳐 놓는 다양한 이미지와 텍스트를 자양분 삼아 서로 눈치 채지 못하게 조금씩만 친절하게 자라면 좋겠다. 너무 낯설지 않을 정도로만.

많은 이들의 힘으로 이 책에 지어진 찬란한 정원에 비하면 너무나도 미약한 나는 식물을 '하는' 사람이다. '꽃집 아가씨'라는 단어가 주는 인상처럼 어여쁘고 고운 일은 아니다. 린넨이나 캔버스 소재 앞치마를 두르고, 식물에게 물줄기로 곡선의 말들을 건네며 햇살로 하루를 열고 별빛으로 하루를 마감하는 삶과도 거리가 멀다. 대신 온실의 차광막 사이로 들이치는 직선의 햇살과 뜨거운 습기 속에서 일한다. 식물을 유리병에 담아 가꾸는 테라리엄을 만들기도 하고 특별한 의미를 가진 식물로 액자나 가방, 오브제 등을 만든다. 목수의 공방을 내 방 드나들 듯 오가며 식물에 어울리는 화분 받침을 제작하고, 쇠 냄새와 불의 열기 가득한 대장간에서 특별한 모종삽을 만든다. 또 이따금 그간 주워들은 식물 이야기를 일방적으로 떠들러 다니며 가방엔 늘 무엇이 될지 모르는 씨앗 같은 마음을 챙겨 다닌다.

우아한 척하지만 실은 날마다 전투다. 카메라와 노트북, 주제별로 용도별로 나눈 많은 노트와 온갖 소품 사이에 묻혀 산다. 온라인 판매를 위한 제품 상세페이지와 거기 쓸 카피들로 머릿속은 뒤죽박죽일 때가 많은 데다 거기에 시 한 줄이라도 끼어드는

날엔 사고 회로가 엉켜서 하루가 몽땅 날아가 버린 것만 같은 날
도 있다.

그럴 때 나는 식물에게 안긴다. 말을 건다. 그리고 식물의 속
깊은 조언을 듣는다. 이 책을 쓰는 내내 식물에게서 들은 말을 받
아 적느라 마음이 바빴다. 이건 다 그렇게 주워들은 이야기, 그
러모은 문장들이다. 이 글이 식물과 살아가는 당신의 시선을 환
기하는 작은 기침이 되면 좋겠다. 움직이지 않으나 전 세계를 여
행할 줄 알고, 말하지 않으나 신비로운 언어로 인간의 등을 토닥
이고, 가장 힙하지만 실은 태고적 지층에 뿌리를 둔 식물. 그런
식물을 사랑해 마지않는 당신들과 땅 밑으로 공중으로 식물들이
연결되어 있듯 이어질 수 있다면 좋겠다.

우주처럼 넓은 세계에서 막막한 날에는 몇 가지 풀과 몇 송
이 꽃으로 그렇게 단정해져 보길 권한다. 취향에 맞는 빵이나 노
트를 고르듯, 식물을 하나 골라 책상이나 식탁, 선반 위에 손바
닥만 한 테라리엄이라도, 아주 작은 화분이라도 놓아 보는 것이
다. 그러면 그것이 어느새 온통 나의 세계가 되는 것을 경험할 수
있다. 이를테면 이런 것이다. 지금이 장미와 밤꽃과 개망초와 비
비추와 이른 수국이 배경 같은 커다란 나무들과 눈에 띄지 않는
작은 꽃들 사이로 주연처럼 앞다투어 피어나는 지상의 절정이라
일컬어지는 시기, 유월이라면 나는 유월의 말을 쓴다. 어쩔 수
없는 일이다.

식물에게로 닿는 지도 곳곳 펼쳐 보다가 혹시 마음 가는 곳
이 있다면 거기 잠시 머무르면 좋겠다. 그것이 내가 그대에게 건
네는, 오늘의 정원이다. 먼 길 돌아가는 안내만으로 이루어진,
지나치게 사적이고 불편한 지도라 힘이 될지 모르겠지만 거친 손

이나마 내밀어 본다. 당신이 내 무질서한 정원에 발을 들여 준 것이 고마워 나는 당신을 따라 같이 두리번거릴 작정이다. 마음 가는 어디든 책갈피를 꽂아 두고선 다시 펼쳐 보았을 때, 이 책의 빈칸과 밑줄마다 초록의 간지러움이 피어나기를 바라본다.

그는 울타리를 뛰어넘었으며,
모든 자연이 정원이라는 것을 보았다.
— 호레이스 월폴

001

프랜 소린, 『정원통신』(이순주 옮김, 뜨인돌, 2006)

멀리까지 걷다 보면 알게 된다. 어디에도 식물이 없는 곳은 없다는 것을. 우리 집에서 가장 가까운 곡산역까지 이르는 길에도 수백 종의 식물 이름을 읊어야 한다. 유월 한여름에는 더더욱 그러하다. 붉은토끼풀, 패랭이, 쇠뜨기, 괭이밥, 방가지똥, 꽃마리, 쇠서나물, 개망초, 별꽃, 질경이, 캐나다엉겅퀴 같은 길가의 풀꽃들만으로도 발길은 목적지를 잃고 쉽게 헤맨다.

　나는 자꾸 울타리를 넘었는데 거대한 포부나 꿈이 있어서는 아니었다. 집 밖으로 난 모든 길이 타지로 향하는 수만 개의 경로라는 걸 언제 알아챘더라. 그러니까 지금 말로 중2병 같은 것을 앓던 사춘기 시절이었다. 아는 꽃이라고는 프리지어와 안개꽃이 전부인 지방 소도시 여학생이던 나는 고작해야 1층 교실 창문을 넘어 잔디 위로 뛰어내리고는 했다. 몸을 던지면 양말 위쪽 맨살로 물방울이 튀던 이른 아침의 젖은 잔디 위에서 머리에 꽃을 꽂고 놀았다. 그러면 친구들이 꽃년이라고 부르며 깔깔거렸다. 그 시절 나를 꽃년이라고 가차 없이 불렀던 아이들만 내 친구였을 것이다. 앞도 뒤도 없는 이상한 조어인데, 우리는 그 말이 마치 아름다운 꽃과 자유롭고 겁 없는 그 시절의 우리를 적절하게 표현하는 합성어라고 여긴 것 같다. 식물은 그렇게 심심해하는 아이들도 키우고, 지금 나처럼 헤매는 것이 익숙해진 어른도 키운다.

　비 내리는 오후의 소파와 이불, 새벽의 굳게 닫힌 창, 매서운 겨울날의 현관, 모든 것이 쉽게 울타리가 되는 사람이라면, 두 눈 딱 감고 걸어 볼 것. 그러면 알게 된다. 모든 것이 자연 속에 있고, 그 자연은 언제나 나를 향해 문을 열어 두는 주인 없는 정원이라는 것을.

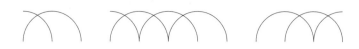

난 결코 황야를 본 적이 없어요.
바다도 본 적이 없어요.
하지만 알고 있는걸.
히스가 어떻게 생겼는지,
또 파도란 어떤 건지도.

002

에밀리 디킨슨, 『고독은 잴 수 없는 것』(강은교 옮김, 민음사, 2016)

평생을 애머스트의 홈스테드를 떠난 적 없이 살았던 에밀리 디킨슨은 "단어, 악보, 꽃의 새로운 조합을 두려워하지 않고" 시를 쓰고 식물을 기르며 살았다. 그녀는 가 보지 않았지만 꿈꾸었고, 편지에 꽃잎을 동봉할 줄 알았으며, 자유분방하고 모험적인 시를 썼다.

황야와 바다가 가 보지 않은 길이고 추상이라면 히스와 파도는 손에 잡히는 현실이겠다. 끝없이 펼쳐진 황무지의 바람에 흔들리는 히스가, 포말을 일으키며 수백 가지 푸른빛과 흰빛으로 변주되는 눈앞의 파도가 우리 전부일 수 있겠다. 그것이 곧 황야와 바다를 함축하는 인생의 시어일 수 있겠다. 특히 시와 정원이 전부였던 그녀에게는. 에밀리 디킨슨은 말했다. "나는 정원에서 컸잖아." 그녀가 흙투성이 마디 굵은 손으로 아무 종이에나 시를 끄적이는 모습을 상상해 본다. 시인 올라브 하우게가 디킨슨을 언급하며 말한 "차향"이나 "갓 자른 나무 냄새"가, 그래서 그녀의 시에서 나는 것일까. 그녀의 시행들이 황무지 끝 지평선에 가지런히 펼쳐진다.

봄이면 농장에서 도매시장에서 실컷 꽃들을 보고서도 동네 꽃집들을 순례하듯 돌며 주인장들의 봄 컬렉션을 즐긴다. 주인장들의 취향에 따라 매장의 분위기가 각양각색이다. 작년 봄, 백석동에 새로 문을 연 식물 가게에 들어갔다가 히스 토분을 보았을 때 나는 잠시 숨이 멎은 듯 서 있었다. 그날 그 오후, 초록빛 상가 바닥, 내 스니커즈 주변으로 끝없는 히스 들판이 펼쳐졌던가.

한 문단에 꽃잎 하나. 새틴 지폐로 거래되는 시가 있다면 나는 기꺼이 내가 아는 온 풀밭을 뒤져 세계에서 가장 아름다운 꽃잎을 찾아내 지불할 것이다.

송악은 시간 같은 거랍니다.
이렇게 외쳐지요.
"숨 막혀, 숨이 막혀!
포옹이 언제쯤 그치려나?"

003

파스칼 키냐르, 『우리가 사랑했던 정원에서』
(송의경 옮김, 프란츠, 2019)

어떤 포옹은 죽을 때까지 끝나지 않을 것이다. 어떤 질문들이 답을 구하지 않는 것처럼. 어떤 강인한 식물들은 아무리 죽어서도 끝나지 않아, 인간의 손을 벗어나는 시간 위에 있는 것만 같다.

온갖 자연의 소리를 기보했던 시미언 피즈 체니는 죽은 아내 에바 로잘바 체니를 한없이 그리워한다. 그의 그리움은 덩굴을 뻗으며 바위 위로 단단한 나무 위로 "이끼 낀 벽 위로" 꼭꼭 조이며 타고 오르는 불멸의 식물성을 띤다. 식물마다 사랑의 형태를 함축한 채로 태어나는 거라면, 송악은 끝없이 갈구하며 집착하는 사랑일까.

영랑 생가 앞뜰. 동백과 모란 사이에 눈에 띄는 일이 없는 송악은 태초부터 지금까지 흘러온 모든 사랑 이야기를 꼭 붙들고 놓지 않겠다는 듯 고집스러워 보인다. 파스칼 키냐르가 쓴 "짓누름, 속박, 족쇄, 매듭, 포옹, 애무" 같은 말들을 다 끌어안은 채 겨우내 열매를 무채색 꽃처럼 달고 있던 그 나무 곁에는 언젠가 주체할 수 없는 감정에 휩싸여 기보하고 말 어느 예술가의 묘한 음표들이 떠돈다.

시간의 송악을 기를 수는 없다. 그것은 스스로 사는 것이다. 우리가 할 수 있는 일은 피고 지는 팬지, 아네모네, 달리아 같은 초화류에 작은 물뿌리개로 물을 주듯 정성스럽게 조금씩 일상을 축이는 것뿐이다. 양동이 위로 물 떨어지는 소리가 똑, 똑, 똑 그런 멜로디처럼.

곤드족 사람들은 마후아나무 꽃으로
술을 빚었어요. 이 술을 조금 덜어 내어
몸에 좋은 약초와 섞으면 여러 가지 병을
고치는 약으로 쓸 수 있어요. 좀 더 많은 양을
마시면 기분도 좋아진답니다. 그러나 너무
많이 마시면 생김새가 바뀔 수도 있어요.
자기 성격에 따라 생쥐나 호랑이, 돼지 또는
비둘기로 바뀔 수 있답니다.

004

바주 샴·두르가 바이·람 싱 우르베티, 「취하는 나무」『나무들의 밤』
(보림출판사, 2012)

나무가 생명이고 이야기이고 삶의 원천인 곤드족 사람들은 평생을 나무와 함께 살아간다. 채취와 공동체적 삶을 유지하고 있는 그들에게 한 그루 나무는 식량과 의복과 주거를 가능하게 하는 모든 것이다. 그들의 나무를 향한 믿음은 종교가 되어 삶 전체를 지배한다.

곤드족 사람들은 어둠 속 셈바르나무 가지 끝마다 반딧불이 들이 앉아 길을 안내하고, 잎사귀 하나의 모양이 나무 전체와 닮은 보리수나무는 모든 가난한 이들의 기도를 들어준다고 믿었다. 잎사귀가 뱀 머리처럼 생긴 나그파니나무로는 튼튼한 물건을 만들고 서로 꼭 껴안은 듯 줄기가 뒤얽혀 자라는 마할랜나무로는 집을 지었다. 그리고 그 집에서 나무와 뒤엉켜 산다. 걱정이 많은 사람들은 나무 아래에서 온갖 생각들을 늘어놓다가 "그냥 다람쥐처럼 살지 뭐." 하고는 돌아간다. 그리고 마후아나무 꽃으로 술을 빚어 마신다.

나랑 같이 마후아 칵테일을 마시며 맥주 곁 땅콩 같은 말들을 주고받을 사람? 지나치게 내성적이었던 여자아이는 손가락을 내밀고 '나랑 놀 사람 여기 붙어라' 하며 소리 지르는 일 따위는 정말로 상상할 수 없었다. 나는 늘 작았고 수줍었다. 그래서 나랑 같이 얘기하며 놀자고 하려면 지금도 꽤 용기를 내야 하는데, 왠지 저 술 한 모금이라면 쉽게 그럴 수 있을 것 같다. 나랑 한잔할 사람, 나랑 밤새 이야기 나눌 사람, 나랑 같이 동물로 변하고 그 모습을 보며 깔깔거릴 사람. 그렇게 한참 서로 보아 줄 사람……. 나무의 지배를 벗어나지 않는 몇몇 이들의 이름을 부르고 싶은 밤.

뒷마당 나무들은 나이가 아주 많아 바람에
삐걱거리고 바스락대며 한숨을 쉬는 것 같다.

005

마테오 페리콜리, 『창밖 뉴욕』(이용재 옮김, 마음산책, 2013)

우리는 욕실 휴지를 거는 방향이 달랐다. 반대였다. 나는 휴지 풀리는 부분이 바깥쪽으로 나오게 걸었고, 그는 안쪽으로 들어가도록 걸었다. 늘 그랬는데, 그것에 대해서 서로 말한 적은 없다. 그가 걸어 둔 휴지를 내가 굳이 반대로 돌려 놓으면, 휴지가 떨어져 심지만 남을 때까지 그렇게 유지되었다.

사소한 부분까지 다른 이들은 살면서 삐걱거리는 소리를 내기 마련이다. 기름칠할 시기를 한참 넘긴 자전거 체인처럼 맞닿는 자리마다 소리가 난다. 그 소리를 확인할 때마다 기분이 짜릿하다. 나는 그대에게 완벽하게 동화되지 않고, 그대는 나를 위해 불편함을 감수한다는 뜻이니까. 스무 살이었다면 있을 수 없는 일이다. 우리가 휴지를 반대로 건다는 걸 깨달은 게 서른다섯 때였으니까. (그를 만난 나이가 스물다섯이다.)

나무가 늘 푸르거나 찬란하게 황금빛을 발하거나 바람결에 왈츠처럼 흔들리기만 하는 것은 아니다. 중년의 나무는 중년의 나무처럼 흔들리고 백발의 나무는 백발의 나무처럼 흔들린다. 나무 아래로 눈부시게 쏟아지는 햇살은 그늘 아래 서로의 머리를 쓰다듬으며 책 한 권을 함께 보는 연인을 비추기도 하고, 낡은 의자에 앉은 노인의 주름을 비추기도 한다.

나무들은 다 다르지만, 우리는 그 차이를 완벽하게 보지 못한다. 우리가 보는 것은 내 마음과 내 상태와 내 주변의 모든 관계가 투영된, '그럴 듯한' 나무다. 그래서 무언가 어긋난 듯한 나무에 대한 묘사를 보면, 몹시 흥분된다. 나는 줄곧 삐걱거려 왔고, 꾸준히 삐걱거릴 것이다. 다만 두려움 없이.

스필버그의 E.T.처럼 우리의 E.W.도 슬프고
외로우며 혈혈단신이다. (……) 나는 우리의
E.W.가 너무나도 가여워서 탈주극이라도
꾸며 녀석을 탈출시키고 싶다. E.W.를
야자나무로 위장해 자전거 바구니에 싣고서
보름달이 둥실 뜬 맑은 밤에 남아프리카
열대 우림으로 날아가고픈 마음이 굴뚝같다.

레나토 브루니, 『식물학자의 정원 산책』(장혜경 옮김, 초사흘달, 2020)

여기에서 E.W.는 우드소철Encephalartos woodii을 가리킨다. 혈혈단신이라고 한 것은 동종의 암그루가 존재하지 않아 더 이상 자연에서 번식할 수 없기 때문이다. 이 외로운 나무는 경매에서 공식 클론이 한화로 약 5,500만 원에 낙찰될 정도로 지대한 관심을 받고 있단다.

멸종 위기에 처한 이 우드소철을 경매가를 올려 붙잡고 있는 것이 옳고 그르냐를 떠나 나는 외롭고 측은한 우드소철을 탈출시키고 싶다는 저자의 바람에 살며시 미소가 번졌다. 그래, 나무도 자기가 살고 싶은 곳이 있을 것이다.

지숙 언니는 초대형 아라우카리아를 늘 안쓰러워하며 쓰다듬곤 한다(내가 팔고 언니가 샀다). 아라우카리아는 소나무목 아라우카리아과 식물로, 토착 서식지에서 60미터까지 자랄 수 있다. 지숙 언니의 아라우카리아는 천장을 뚫고 나갈 듯 자라서 이제 물을 주려고 옮길 수조차 없다. 바퀴 달린 화분 받침도 무용지물이다. 줄기 끝이 자꾸 천장에 닿아 자라고 싶어도 자랄 수 없는 아라우카리아를 이사시키고 싶어 우리는 안달이 났다. 천장에 닿을 듯 말 듯한 새순을 보면 조바심이 들어 환장할 지경이다.

아라우카리아를 길 건너 호수공원 어디에 심고, 지숙 언니의 책상과 아이맥과 의자를 그 아래로 다 옮기면 어떨까 상상해본다. 헨리 데이비드 소로가 자연 속에 책상 같은 가구를 둘 수 있으면 자연스럽겠다고 말한 것처럼.

나는 곱슬머리를 잡초처럼 한껏 세워 빗고
빨간 립스틱을 바르고 이 셔츠를 입는 게
좋았다.

007

에밀리 스피백, 『낡은 것들의 힘』(이주혜 옮김, 한스미디어, 2015)

이 문장의 잡초는 내가 아는 가장 섹시하고 스타일리시한 잡초다. 잡초는 실로 너무 많은 데다 뜻 또한 모호해서 사실 무엇을 잡초라고 명명해야 할지에 대해서는 생각할 엄두조차 나지 않는다. 다만 내게 잡초는 강한 풀이다. 이 문장에서는 스타일까지도 강렬하다.

잡초가 끈질기게 생명을 유지하는 방식 가운데 하나는 생장점을 낮추는 것이다. 잔디의 경우, 인간이 잔디를 깎는 지점보다 더 바짝 땅으로 생장점을 낮추어 깎아 내도 다시 자랄 수 있는 기회를 노린다. 그러니까 잔디는 깎아도 깎아도 계속 자라게 되어 있다. 우리가 물을 마시고 숨을 쉬듯, 당연하다.

나는 잡초를 보며 왁스를 적당히 발라 원하는 대로 한껏 세운 헤어 스타일을 떠올린다. 풍성한 볼륨을 준 윤여정 배우처럼. 그다음 빨간 립스틱을 바르고, 린넨과 실크 혼방의 주름이 아름답게 지는 은은한 장밋빛 셔츠를 입는다. 그리고 내가 사랑하는 곳으로 간다. 할머니들이 빛 보라고 내놓은 화분들이 무질서하고 나른하게 서 있는 필동 어느 골목길이고, 커피에서 오렌지 향이 감도는 서촌 그윽한 카페다. 이국의 식물들이 뿌리를 내린 습기 가득한 식물원이며 사랑할 뻔했던 이들이 지나간 모든 거리다.

식물 곁에서 나를 다듬는 동안 시야는 넓어지고 세상은 확장된다. 그렇게 담장 아래 작은 풀 한 포기까지 알고 싶어질 때가 오면 한낮의 볕이 한풀 꺾인 오월 오후 뽀리뱅이, 세이지, 씀바귀, 큰개불알꽃, 들물망초, 애기똥풀, 끈끈이대나물, 제비꽃, 방가지똥, 캐나다엉겅퀴, 닭의장풀 들 곁을 걷자. 깎여도 뽑혀도 또 자라나는 잡초 같은 마음으로 천천히 걸으며, 가두어지고 답답한 마음들을 버려 보자.

萬物草木之生也柔脆, 만물초목지생야유취
(초목도 살아 있을 때는
부드럽고 연약하지만,)
其死也枯槁. 기사야고고
(죽으면 단단하고 마르게 된다.)

008

노자, 『도덕경』(소준섭 옮김, 현대지성, 2019)

식물을 구매한 뒤 한두 달 뒤에 전화를 거는 손님들이 있다. 그들은 대뜸 묻는다. "이거 혹시 죽은 거 아닌가요?" 보이지 않는 상황에서나마 식물의 생사를 판단하려고 시도해야 할 때는, 가지를 부러뜨려 보라고 한다. 목본성 식물의 경우 가지를 부러뜨려 살핀 뒤, 도덕경의 이 구절에 따라 판단하면 대부분 맞아떨어진다.

이 구절 앞에서 인간사 진리도 예외는 아니다. 사람 또한 살아 있을 때는 몸이 유연하지만, 죽으면 마르고 경직된다. 단단하고 센 것은 죽음이고 부드럽고 약한 것은 살아 있음이다.

나는 겨울을 버티며 성장했다. 한겨울 식물을 돌볼 때마다 손등은 찬바람에 붉게 갈라졌고 날마다 내 육체의 나약함을 확인해야만 했다. 노력만으로는 잘 되지 않았다. 경험이 부족했던 나는 순진한 식물들을 너무나도 많이 죽였다. 그때 알았다. 엄마가 내게 권한 식물을 키우는 일은 죽음을 목도하는 일이었다는 것을. 식물들의 죽음을, 자연의 죽음을, 모든 것의 끝을 보는 일. "죽이다 보면 알아." 엄마의 말이었다.

이어지는 구절은 이러하다. 故堅强者死之徒(고견강자사지도), 柔弱者生之徒(유약자생지도) 강한 것은 죽음에 속하고, 약한 것은 삶에 속한다는 의미다.

고객들은 대부분 나와 도덕경을 논할 생각이 없겠지만, 그래도 이따금 감성적인 고객들은 이런 말을 한다. "어쩔 수 없지요." "괜찮아요." "기다려 볼게요." "죽기도 하지요." 그런 부드러운 말을 들을 때 나는 그들의 강함을 상상하며 '오, 감사합니다!' 하고 속으로 외친다.

참나무의 입장에서 자손 번식 프로젝트의
성공 여부는 어처들에게 달려 있다.
그들이 도토리를 조금씩 모아 무더기로
땅에 묻어둔 후 어디에 묻었는지를
잊어버려야 싹을 틔울 수 있는 것이다.

009

맥스 애덤스, 『나무의 모험』(김희정 옮김, 웅진지식하우스, 2019)

도토리와 다람쥐는 세기의 소재이다. 다람쥐가 도토리를 먹거나 저장하고 옮기는 내용을 소재로 한 이야기가 얼마나 많은지. 꿩이나 어치 그리고 다른 동물들도 다 도토리를 먹는데, 유독 만화에서나 동화에서나 다람쥐에게 도토리 줍는 역할을 주는 건 다람쥐의 인형 같은 모습 때문일 것이다.

참나무의 자손 번식 프로젝트 성공 여부는 귀여운 다람쥐나 청솔모만이 아니라 어치들에게도 달려 있다. 산까치라 부르는, 알면 사랑스러운 새다. 한 알 두 알 물어 낑낑거리며 땅속에 저장을 하지만, 그 많은 도토리들을 다 기억할 수는 없다. 이 똑똑한 새가 어쩌다 도토리 숨긴 곳을 잊으면, 그렇게 싹이 돋고 나무가 태어난다.

우리에게도 이따금 그런 건망증이 찾아온다면 어떨까. 운전자라는 사실을 잊고 걷기를 택한다면, 닭과 돼지와 소를 먹을 수 있다는 사실을 잊고 땅에서 쇠비름과 냉이를 캐고 별꽃과 머위를 뜯는다면. 인간사 성공 여부도 참나무마냥 돈과 지식과 시스템이 아닌, 새와 나비, 사계국, 콩다닥냉이, 세이지, 꽃마리에게 달려 있다면 어떨까! 자연과 인간이 서로 의지하고 기대어 산다면 그처럼 축복인 일이 또 있을까.

매사에 너무 잘하려고 욕심 부리지 말 것, 잊거나 잃게 될 수도 있다고 생각할 것, 모든 것이 내 힘으로 되는 건 아니라고 믿을 것. 이렇게 되뇌다 보면, 그러면 정말로 편안해진다. 내 삶의 성공 여부가 다람쥐, 나비, 꽃마리 들에게 달려 있다고 생각하면 말이다.

'선인장은 사막에서 살아남았잖아.
그러니까 사막이랑 친한 거지.
선인장이 말하면 사막은 들어줄 수밖에 없어.
사막이 선인장을 아낀다는 거니까.'

천선란, 『랑과 나의 사막』(현대문학, 2022)

사막에 묻혀 있던 로봇 고고는 4873년에 열 살 인간 아이 랑에게 발견되어 고쳐져 랑의 특별한 친구가 된다. 랑이 죽기 전까지.

전쟁과 재해와 과도한 욕망으로 지구가 끝을 향해 달려가는 때, 더 마지막까지 살아남은 것들이 끝까지 함께했던 것들을 그리워하며 불씨처럼 살아가는 때, 푸른 이파리라고는 찾아볼 수 없는 때, 식물 키우는 법을 알지 못하는 때. 이제 랑 없이 혼자 남은 고고는 "마지막까지 살아남은 것들이 똘똘 뭉쳐 있는" 바다로 가자는 지카의 제안도 거절하고, 이천 년 동안 친구들을 기다리다가 자신을 구해 준 나무 한 그루를 마법으로 피워 낸 외계인 살리를 따라가지도 않는다. 고고는 랑을 그리워하고 그리워하다 끝내 랑의 시간으로 달려 들어간다.

선인장은 사막 바깥으로 나오면 더 잘 살 수 있다고 한다. 그러나 선인장은 더 좋은 환경을 택하지 않는다. 그냥 거기에 머물기로 한다. 모든 식물과 구별되는 선인장의 특별함은 거기에 있다. "태양과 싸웠고 동시에 태양을 끌어안았"던 사막의 아이 랑 그리고 그런 랑을 그리워하는 로봇 고고는 어딘지 모르게 그 선인장을 닮아 있다.

버려진 땅에서 자라 그곳에 사람들의 관심이
필요하다는 것을 알려 주는 부들레야.

011

S. 테레사 디에츠, 『식물의 말들』(김미선 옮김, 사이, 2021)

버려진 땅에서 자라는 아이들은 생명력이 강하다. 개체 싸움에서 승리하여 척박한 땅에 뿌리를 내렸으니 그럴 수밖에. 그런데 '그러므로 사람들의 관심이 필요하다'라고 말할 수 있을까? 그렇다면 관심은 무엇일까? 땅에 대한 인지일까, 야생종을 반기는 환영의 마음일까, 아니면 동식물과 인간 사이 공생의 온기를 말하는 것일까.

수사법 가운데 의인법은 자칫 오해를 불러일으키기 쉬운데, 쥐과 동물 레밍의 집단 행동이 집단 자살을 야기한다고 믿거나 고양이가 등을 돌리면 외면한다고 여기는 식이다. 나그네쥐라는 지나치게 낭만적인 별명을 지닌 레밍은 개체 수가 너무 늘거나 먹이가 부족해지면 집단 이주를 한다. 이주 과정에서 선두 그룹이 길을 잘못 들어 낭떠러지에 이르면 뒤에서 떼로 밀어 그렇든 앞에서 낙상과 추락에 대한 두려움이 없어 그렇든, 잘못되어 떨어지는 것이다. 고양이가 주인에게 등을 보이는 것은 절대 자신을 공격하지 않을 것이라는 신뢰와 편안함의 표현이다. 같은 언어를 구사하는 인간들 사이에서도 조사와 어감 하나로 생기는 오해와 편견이 비일비재한데, 하물며 동식물과 인간 사이는 오죽할까.

인간이 아닌 식물의 행간을 읽는 것은, 대부분 식물 자체를 보는 것이기보다 그것을 바라보는 우리의 마음을 읽는 것이다. 식물에게 기대며, 어떻게든 살아내고자 하는 얄팍한 수사법이다.

대부분의 나무들은 수관이 서로 뒤엉켜도
개의치 않지만, 참나무과, 소나무과,
도금양과 식물 등은 매우 내성적이어서
서로 몸이 닿는 것을 좋아하지 않는다.

스테파노 만쿠소·알레산드라 비올라, 『매혹하는 식물의 뇌』
(양병찬 옮김, 행성B이오스, 2016)

식물을 팔 때 가장 많이 받는 질문 두 가지가 있다. "사진과 같은가요?" "(사진과 같이) 키가 큰가요?" (그다음으로 많은 질문은 "지금 꽃이 피어 있나요?"이다.)

키가 크거나 많이 자란 식물을 찾는 건 잘하는 일이다. 하지만 크기가 비슷한 식물들을 놓고 5-10센티미터 더 큰지 작은지, 잘 자란 식물인지 그렇지 못한 식물인지 따지는 일은 무의미하다. 식물의 외적 스펙 대신 성격을 물어 오면 어떨까 상상해 본다. 나는 그러면 그 사람의 전화번호를 추적하여 스토커처럼 쫓아가 커피 한잔하자고 조를 것 같다. 그런 따뜻한 사람과 단 몇 분이라도 이야기를 나누는 영광을 누리려고.

휴대전화가 울리고 낯선 전화번호가 뜨면 우선 심호흡을 하고 전화를 받는다. 그럴 줄 알았다.

키가 몇 센티미터예요? 수형이 예쁜가요?

아, 사진과 같은 아이가 오나요?

사진과 같은 아이가 오냐는 질문은, 사실 당신은 조물주가 빚었다는 그 인간인가요? 하는 질문이나 매한가지다. 우리가 이브나 아담이 아니듯 식물들도 마찬가지인 것을.

그 아이는 얼마나 살았나요, 어디에서 어떻게 지냈나요, 시 들어 본 적이 있나요, 성격은 어떤가요 묻는다면 나는 그에게 보내는 택배 상자에 그가 주문한 식물 외에도 아주 많은 것들을 담아 보낼 것이다. 하지만 그런 일은 흔하지 않다. 가능성이 희박하다. 공기가 희박한 곳에서 아끼며 호흡하듯, 희망이 희박한 이곳에서 나는 숨을 죽인 채 별난 고객을 기다려 본다.

단풍나무 시과의 공기처럼 가벼운 프로펠러,
보리수의 꽃자루에 달린 커다란 포엽,
엉겅퀴와 민들레의 멋진 활동 장치,
속수자의 놀라운 탄력, 비터멜론의 매우
특이한 분무 주머니, 도꼬마리의 솜털
갈고리…….

모리스 마테를링크, 『꽃의 지혜』(성귀수 옮김, 아르테, 2017)

여기 나열된 식물의 능력은 다 떠나는 능력, 멀리 퍼지는 능력이다. 이들은 부모 세대를 떠나 아주 멀리 날아가 다른 땅에 뿌리내리기를 원한다. 식물종 입장에서 말하자면 부모 식물의 발치에서 영양 부족이나 배고픔으로 죽지 않기 위해서이며 인간 입장에서 말하자면 방랑해야만 살아남기 때문이다.

기차를 타고 비행기를 타고 운송수단에 실려 가는 꽃씨처럼 자꾸 어딘가로 실려 가고 싶어 하는 이들을 여행자라고 부른다. 그들은 여행지에 내려 꽃씨처럼 자기 인생을 한곳에 완전히 뿌리내리지는 않지만, 인생의 뿌리로 삼을 만한 양분들을 수집해 배낭에 차곡차곡 담는다. 엽서를, 그 땅의 음식을, 커피를, 음성들을, 외국어를, 이국적인 풀을, 산을, 바다를, 그 하늘의 달빛을…… 단지 또 떠나기 위해서이기도 하겠지.

나는 어린 시절 친구 옷이고 내 옷이고 도꼬마리를 붙이며 노는 걸 좋아했다. 어쩌면 종이비행기에 도꼬마리처럼 딱 붙어 파리로 뉴욕으로 모로코로 날아가고 싶었던 것이 아닐까. 그렇게 먼 나라 도시에 아무도 모르게 떨어지면 이국의 단어가 들어간 문장도 피워 내고 생각지 못했던 습관도 피워 내어 훨훨 날기를 꿈꾸었던 것이 아닐까.

편집자와 작가로 만나 늘 존경하는 마음을 품고 있는, 동화 쓰는 김기정 작가는 내가 만났을 당시 그때까지 한 번도 외국 여행을 해 본 적이 없다고 했다. 책이라는 담을 넘으면 어느 도시든 어느 나라든 닿아 있으니 그럴 필요까지 있겠느냐는 말씀을 허허 웃으며 할 때, 나는 그 소탈함에 반하여 그가 앉은 자리에서도 마르코 폴로처럼 세상에서 가장 먼 곳의 이야기를 써 낼 사람이라 생각했다. 그런 이들은 주머니에 단풍나무 시과나 민들레 씨앗을 담고 태어나는 것인지도 모르겠다. 여행이 필요할 때면 작동시켜 어디까지든 날아가도록.

(끝으로,) 할머니는 슬쩍 쳐다만 봐도
모과나무와 자두나무를 구별했고,
대나무 산울타리를 심을 줄 알았으며
(할머니는 과수원 안쪽에 그런 산울타리를
만들었는데 계곡 사람들이 깜짝 놀랐다),
야생초로 요리할 줄 알았기 때문이다.
비틀린 나무줄기 앞에서 그녀는
"이건 불행한 나무야."라고 말했다.

클라라 뒤퐁-모노, 『사라지지 않는다』(이정은 옮김, 필름, 2022)

팅기는 나뭇가지들 때문에 팔에 생채기가 나는데도 이를 악물고 돌멩이로 나무줄기를 짓이기다 "가지와 잎들로 된 양탄자만 남을 때"가 되어야 분노를 잠재우게 되는 아이는 할머니에게서 위안을 얻는다.

할머니는 산에서 태어나 산에서 자랐고 나무들의 이름을 잘 안다. 상처투성이인 손녀와 포르투갈식 디저트인 오렌지 와플, 양파 튀김, 딱총나무열매 잼, 알밤 수프를 만드는 사람이다. 할머니는 손녀를 데리고 특별한 나무 앞에 이른다. "암석 위에서 자라나 도로와 수직을 이루며 꼿꼿이 서 있는 삼나무" 앞에서 그의 강인한 생명력과 뜨거운 의지를 빗대어 손녀딸에게 말한다. 너도 저 나무처럼, 살고 싶은 거라고. 걷지도 말하지도 보지도 못하는 그 남동생에게서 독립된, 사랑받는 존재이고 싶은 거라고.

'불완전하게' 태어난 셋째 때문에 첫째인 오빠를 빼앗겼다고 여기던 둘째 누이는 셋째가 죽고 그 고통 속에서 헤어나지 못하는 다른 가족들을 챙기며 다시 태어난다. 식물의 마음을 읽으며 살아가는 할머니의 뜨거운 위로를 등에 업고.

우리가 불행한 나무라면 어떻게 할까. 곧게 서지 못하고 흙이 아닌 돌에 태어나고 대부분의 나무와 다른 모습으로 이상하게 줄기를 뻗는다면 어떻게 할까. "순종하는 나무들"처럼 불행을 담담하게 드러내 보이고 오히려 더 가난하고 힘없는 것들에게 손 내밀 수 있을까. "상처 입은 아이, 반항아, 부적응한 아이, 마법사" 같은 내 내부의 비틀린 줄기를 확인하는 것조차 겁이 나는데…. 정성껏 만든 레몬 케이크 한 입 먹고 힘을 내 보자.

로버트 맥팔레인은 『옥스퍼드 어린이
사전』에서 도토리, 미나리아재비, 개암나무,
왜가리, 감로수, 수달, 물총새 같은
단어들이 누락되있다는 사실에 주목했다.
사전편집자들은 첨부attachment, 블로그blog,
글머리 기호bullet point, 명사, 음성메시지
같은 단어를 추가하기 위해 그 단어들을
빼야만 했다고 설명했다.

레이첼 카슨 외, 『경이로운 자연에 기대어』
(스튜어트 케스텐바움 엮음, 민승남 옮김, 작가정신, 2021)

어떻게 미나리아재비를 사전에서 뺄 수 있지? 고흐가 그려 낸 그 황금빛 노란 물결의 주인공을, 아네스 바르다가 일월의 어느 일요일에 화병에 꽂았다는 그 미나리아재비를. 게다가 세상에! 도토리도, 개암나무도?

만약에 우리 사전에 개암나무가 없다면 개암나무를 본 적 없는 어린이들은 어떻게 '혹부리 영감' 이야기를 이해하지? 도깨비들을 혼비백산 달아나게 만든 그 영험한 소리의 주인공을 더 자세히 설명하기는커녕 존재 자체의 기록을 지운다니.

로버트 맥팔레인은 2017년에 『잃어버린 단어들』The Lost Words이라는 책을 출간했는데 그 첫 번째 단어가 도토리Acorn이다. 해마다 수천만 개의 도토리를 떨어뜨려 나무의 씨앗이 되게 하는 참나무의 우정을 배반해서는 안 된다는 의미일 것이다.

더 많은 식물들과 더 많은 식물적 낱말들이 사전에 등재되어야 한다. 우리가 만들어 낸 것 말고, 우리를 만들어 내는 자연의 낱말들 말이다. 초록을 볼 때 두근대는 마음, 싹이 돋는 걸 보면 기대에 차는 마음, 개체를 늘리려는 욕망, 그 욕망들 사이의 친밀한 우정, 여기 이 씨앗이 이역만리 미지의 세계에 안착하리라는 믿음, 수만 개의 씨앗 가운데 단 하나만 피어나는 강렬한 열정…… 이 모든 것들을 표현할 수많은 단어들이 태어나고 또 태어나야 한다.

아직도 만들어지지 않은 말이 많은데, 지금껏 지켜 온 소중한 낱말들을 쉽게 버리지 않으면 좋겠다. 꽃 피고 잎이 돋듯 산들바람에 서로의 숨결에 떠다니는 마음들이 예쁜 단어들로 태어나기만 하기를. 식물의 단어들이 버려지지 않고 탄생하기만 하기를. 사전이 초록으로 물들기를.

우리는 정원이 아닌 '마당'이라는 독특한
공간을 만들어 비워두었죠. 바로 이
빈 마당에 멀리 보이는 자연과 이웃의
풍경을 그대로 들일 수 있기 때문에 마당은
차경의 아주 중요한 요소가 됩니다.

016

오경아, 『정원의 기억』(궁리, 2022)

어떤 낱말은 끝없이 영감을 주고 밤새워 이야기하게 만든다. 마당이라는 낱말이 그러하다. 그 낱말 안에는 식물과 흙 냄새, 새들의 지저귐과 발자국을 넘어 지상의 온갖 소재들이 함축되어 있다.

그래서일까? 마당에서는 이야기가 피어난다. 김장하면서 떠드는 여자들의 재잘거리는 목소리를, 친정이 그리운 새댁에게 뜨거운 밥을 건넸을 할머니의 목소리를, 사루비아보다 더 달콤한 것을 꿈꾸던 여자애의 수줍은 목소리를 마당에서는 끊임없이 길어 올릴 수 있다.

나는 누구의 집 마당에서건 발아래 살아 있는 것들과 함께라면 종일이라도 노닐 수 있다. 영화 『모리의 정원』의 모리 영감처럼 허리를 깊이 구부리고 천천히 할 수 있는 한 오랫동안 바닥을 감상하는 것이다. 그렇게 할 때 마당은 온갖 색채들로 화려하게 피어난다. 콩다닥냉이, 패랭이꽃, 망초, 뽀리뱅이, 세이지, 큰땅빈대, 씀바귀, 큰개불알풀, 주름잎, 큰물칭개나물, 소리쟁이, 개갓냉이, 물망초, 꽃마리, 애기똥풀, 주름잎, 삼색제비꽃, 쇠별꽃, 돌나물, 마디풀, 쑥, 방가지똥, 별꽃, 캐나다엉겅퀴, 미국까마중, 닭의장풀, 꽃잔디, 분홍달맞이꽃, 끈끈이대나물 들이 끝도 없이 펼쳐진 곳이 숲일 것이라고 단정하지 말기를. 이 야생의 식물들이 자라는 곳은 고양시에 있는 유월의 어느 집 마당. 시멘트가 갈라진 틈에서도 돌멩이들 사이에서도 그것들은 피어난다. 당신의 발밑에서도 그럴 것이다.

정원은 그것을 보려는 이의 마음속으로 찾아든다. 창덕궁 뜰이나 안동 고택의 잘 알려진 차경도 아름답지만, 잠시 눈을 돌려 내 발밑에서 발견한 생명의 숲만 할까. 신발 속 발가락들이 저 작은 풀을 조심해야 한다고 외치며 방향키를 잡는 기적 같은 순간인데.

열정적으로 거래되었던 튤립은
'결함이 있는 것'이었다.

017

헬렌 바이넘·윌리엄 바이넘, 『세상을 바꾼 경이로운 식물들』
(김경미 옮김, 사람의무늬, 2017)

영화 『튤립 피버』에서 소피아는 초상화를 그리러 온 화가 얀과 사랑에 빠진다. 초상화의 주인공 소피아는 구하기 힘든 염료로 염색한 파란 드레스를 입고 노란 바탕에 빨간색 줄무늬가 있는 튤립을 들고 있다. 튤립의 줄무늬들을 '브레이킹'이라 했는데, '튤립 브레이킹 바이러스'로 인한 결과물을 줄여 일컫는 표현이었다. 값비싼 그것들은 다 결함으로 형성된 변종 꽃이었다.

적은 것들은 귀하게 대접받는다. 그리고 그 적은 것들 가운데서도 희귀종들은 귀하다 못해 한 인간의 인생을 송두리째 뒤흔들 정도로 파괴력을 갖는데, 그 파괴력이 변이된 특성에 기인한다는 것 또한 매우 극적이다. 1636년부터 1637년까지 꽃 한 송이가 집 한 채 값을 훌쩍 뛰어넘던 튤립 파동은 그렇게 일어났다.

나에게도 그런 결함이 있어 치명적 아름다움을 갖는다면 얼마나 좋을까 하고 생각해 보다가, 피식, 웃음이 났다. 결함은 너무나 많은데 희귀하지는 않구나.

사랑이라는 이야기에는 결함이 함께한다. 수많은 드라마가 절벽에서 시작하여 갈등을 거치듯 사람과 결함은 필연적이다. 우리에게 결함이 없다면 그 두 사람이 사랑한다는 믿음을 어디에서 찾을 수 있을까. 결함이 없다면 어떠한 고통도 감내할 만큼 충만하다는 감정을 어디에서 느낄 수 있을까. 결함은 '그럼에도 불구하고' 사랑하거나 사랑받는다고 느끼게 하는, 인간사를 구성하는 필수 제재다.

이따금 인간은 희귀하지도 않은 여러 결함을 특별한 것으로 바꾸는 요술봉을 장착한다. 사랑을 할 때 특히 그렇다. 그러니 그다지 특별할 것 없는 결함들로 이루어진 나의 이번 생도 기대해 보고 싶다.

나무들은 내가 지나간 것을 모를 것이다
지금 내가 그중 단 한 그루의 생김새도
떠올릴 수 없는 것처럼 그 잎사귀 한 장
몸 뒤집는 것 보지 못한 것처럼 그랬지
우린 너무 짧게 만났지

018

한강, 「여름날은 간다」 『서랍에 저녁을 넣어 두었다』
(문학과지성사, 2013)

우리의 이해는 나무의 움직임을 따라가지 못한다. 우리의 관찰과 감정은 변화무쌍한 나뭇잎들의 흔들림을 따라잡지 못한다. 한평생을 종이 접듯 접어 한 계절로 압축한다 해도 마찬가지다. 또 한 계절을 한 달로 하루로 압축한다 해도 나는 나뭇잎 한 장이 바람결에 흔들리는 순간을 다 이해하지 못한다. 나뭇잎의 순간을 알고야 말겠다는 의지는 나뭇잎이 줄기에서 뿌리에서 흙에서 돌에서 그 이전의 태초 시작된 지점에 가 닿겠다는 욕심이나 마찬가지다. 우리는 영원 속에 있는 순간이다. 아무리 순간을 제대로 포착한 적나라한 스틸사진이라도 찰나의 순간 그 숨결은 결코 재현하지 못한다. 지나간 다음은 해석이 있을 뿐이다.

이렇게 겸허해지면, 우리가 얼마나 작은 존재인지 얼마나 짧고 단편적인지 인정할 수 있다. 그러면 조금 전 경적을 울리며 지나간 운전자나 0의 장난처럼 보이는 통장 잔고나 식물 손님들과의 예민한 실랑이나 서운했던 그의 말 한마디가 아무렇지 않아진다. 나무를 자꾸 보는 이유다.

나무의 영원성에 비하면 우리의 만남은 짧기만 하다. 그리하여 나무 옆에 어떤 단어를 두어도 그 문장은 생을 간질이는 자극제가 된다. 봄비, 겨울과 여름 사이에 있었던가. 노을, 이 저녁 어쩌면 어둠이 저리도 빠르게 달려오는 거지. 락중, 내 사랑하는 아이들. 정말로 너무 짧은 만남이야.

이렇게 첫째의 몬스테라 곁에서, 막내의 칼란디바 곁에서 짧았던 하루를 마감하며 중얼거리다 보면 어스름 지는 하늘 위로 난 구름의 결이 강물처럼 느껴진다. 이제 겨우 들을 만하게 피아노를 치게 된 조카의 즉흥 연주가 띵띵땅땅. 다시 듣지 못할 선율이 조금 전 지나갔다. 어설프지만 완벽한 순간이.

오, 나의 동산! 어둡고 음산한 가을과
추운 겨울을 겪고도 너는 다시 젊고
행복에 넘치는구나.

019

안톤 파블로비치 체호프, 『벚꽃 동산』(오종우 옮김, 열린책들, 2009)

오월, 이미 벚꽃이 만개했지만 여전히 아침 서리가 내리는 어느 추운 봄의 이야기다. 팔월이면 경매로 넘어가게 될 벚꽃 동산의 지주 류보비 안드레예브나는 현실을 제대로 인식하지 못한다. 그녀는 여전히 화려하고 안락했던 과거에만 머물며 이 순간만 넘기면 곧 따뜻한 햇살 아래 반짝이는 나뭇잎들 사이에서 노래하는 새들을 볼 수 있을 거라고 믿는다. 그녀는 벚꽃 동산이 없는 삶을 상상하지 못한다.

그녀의 대책 없는 낙관이 탄생시킨 이 대사에는 노동이나 치열한 삶의 생채기를 전혀 겪어 보지 않은 귀족 여인의 안온한 마음이 담겨 있다. 언제까지고 벚꽃 동산의 봄을 다시 보고 싶은 바람. 하지만 그 그리움과 향수가 안이하다 해서 어떻게 함부로 저열하다고 폄하할 수 있을까. 눈앞에 해마다 다시 젊어지고 젊어지는 벚꽃 동산이 있다면 나 역시 나를 둘러싼 모든 걸 잊고 그렇게 말할 것 같다.

결국 벚꽃 동산이 경매로 넘어가고 노예 계급 출신 상인 로빠힌이 그 땅의 주인이 된다. 벚꽃 동산이었던 땅은 이제 임차와 임대로 구성되는 자본주의 요소들과 함께 콘크리트 세계로 변모할 예정이다. 그 변화는 추운 겨울 빙판 위 서두르는 종종걸음처럼 불안하고 급해 보이지만, 어느새 잦아 들고 말 것을 우린 안다. 작품 속 숲의 변화와 파괴는 백이십 년 전이나 지금이나 유효한 흐름이고 질문이다. 우리가 직면한 가장 거대한 질문.

나는 류보비 안드레예브나보다 더 낙관적으로 이 문장을 읽고 또 읽는다. 나무와 숲을 잃어 가는 이 추운 겨울을 지내고 나면 다시 젊고 행복한 땅을 맞이하게 될 거라고. 그러니 이 "음산한 가을과 추운 겨울"을 어서 지나가자고.

페르디난드는 그저 조용히 앉아서
꽃향기 맡는 것을 좋아했지요.

먼로 리프, 『꽃을 좋아하는 소 페르디난드』
(정상숙 옮김, 비룡소, 1998)

엄마 황소는 다른 어린 황소들과 같이 뛰어넘기도 박치기도 하지 않는 페르디난드가 걱정이다. 페르디난드는 그저 코르크나무 그늘에 앉아 꽃향기를 맡으며 지낸다.

벌 때문에 펄쩍펄쩍 뛰던 페르디난드를 보고 싸움의 자질이 충분하다며 투우장에 세운 투우사들은 페르디난드의 상냥한 행동에 할 말을 잃는다. 거대한 투우장에서 성난 황소 역할을 해야 할 녀석은 온순하게 앉아 여인들의 모자 장식에 달린 꽃향기를 즐긴다. 싸울 줄 모르는 소 페르디난드는 그렇게 '쓸모없는' 소가 되어 다시 고향으로 돌아온다.

꽃향기나 찾는 쓸모없는 행동으로 대의가 아닌 개인적 욕구를 충족하는 페르디난드의 모습은 오로지 싸움과 전쟁을 통해 정복과 승리를 쟁취하려던 시대에는 반란이었다. 그래서 이 책은 한때 스페인과 독일에서 꽤 오랫동안 금서였다. 1936년에 출간되어 스페인 내전의 주역으로 독재 체제를 유지했던 프랑코가 사망하던 1975년까지 금서였으며, 히틀러 역시 이 책을 금서로 지정했다. 독일이 함락되었을 때 루스벨트 대통령은 이 책을 3만 권 배포했다. 간디가 가장 아낀 책이기도 하다.

꽃향기를 맡는 행위는 향기의 물리적인 분자 구조를 파헤치겠다는 열렬한 의지로 이루어지는 것이 아니다. 소용없는 일들에 대한 찬사와 경외로 이루어진 향긋한 몸짓이다. 나도 식탁 위에키네시아, 니겔라, 오레가노꽃이 담긴 화병 위로 가만히 얼굴을 가까이 대 본다. 꽃이 머금은 낮의 열정과 밤의 고요가, 나의 오늘은 어땠냐고 향기로 말을 걸어온다.

양배추와 장미, 금어초와 백합,
셀러리와 아네모네가 함께 있었다.

021

프레데리크 백, 영화 『나무를 심은 사람』(1987)

자작나무나 참나무 같은 나무들이 거대한 숲을 이룬 뒤에는 샘과 강이 생기고 그 주변으로 마을이 형성된다. 그러고는 곧 마을 사람들 곁에서 오순도순 말을 거는 작은 식물들이 함께하게 된다. 작은 식물들 종류를 어쩜 이렇게 사랑스럽게 열거했는지. 나는 영화 『나무를 심은 사람』의 내레이션 가운데 이 부분을 몇 번이나 다시 들었는지 모른다.

겹겹이 쌓인 양배추 이파리와 여리디여린 장미 꽃잎들이 여러 겹 풍성한 드레스처럼 다소곳하게 나란히 있는 모습을 상상해 본다. 식용으로 그만인 순박한 금어초와 우아한 선을 뽐내는 그림 같은 백합이 어우러진 정원을, 단단하고 먹음직스러운 향이 흐르는 셀러리와 바람에 흔들리는 여러 빛깔의 아네모네가 조화롭게 있는 땅을 머릿속에 그려 본다.

사람 사는 곳이 되었다는 것은 가치가 혼재하며 서로 다른 것들이 이해된다는 뜻이다. 내가 사랑하는 농장의 토마토와 페퍼민트 곁에서 자라던 한련화가 떠오른다. 한련화는 영화 속 이 문장의 장미고 백합이고 아네모네인데, 식용으로 꽃잎을 사용하기도 하고 다른 작물의 병충해를 막는 기능이 있다. 그리고 무엇보다도 '함께 있는' 다른 식물들과 잘 어울린다.

저 꽃은 결코 지지 않는다.
허물어지지 않고 꽃잎이 붙은 대로
가지를 벗어난다. 가지를 벗어날 때는
한꺼번에 벗어나므로 미련이 없는 것처럼
보이나, 떨어져서 송이째 있는 것을 보면
어쩐지 독살스럽다. 또 똑 떨어진다.
저런 식으로 떨어지고 있을 동안에, 못의
물은 붉어지리라 생각했다.

022

나쓰메 소세키, 『풀베개』(오석륜 옮김, 책세상, 2005)

섬진강이 흐르는 어느 동네였는데, 벚꽃이 떨어져 벚꽃색, 꽃분홍색, 진달래색, 연한 자목련색, 메꽃색, 복숭아꽃색, 패랭이꽃색, 서양 철쭉색, 오미자물색, 백년초색……● 소리 내어 불러 보고 싶은 온갖 분홍들 빨강들이 그림처럼 펼쳐진 꽃길을 따라 걷다가 다다른 곳이었다.

"진즉 오지, 다 졌는데."

우리는 오늘 처음 만났다. 그런데 어떻게 '진즉'이라고 '왜 이제 왔느냐'는 뜻으로 말할 수 있지. 한 마디 미사여구도 실리지 않은 그 한 문장은 나를 향해 와락 안겨 왔는데, 밀어낼 수 없는 힘이 있었다. 그 자리에서 그 동백이 그렇게 지고 있는 걸 알았다면, 진작 갔을까. 아니다. 할머니에게서 느낀 그 감정은, 우연이었으나 필연이라고 주장하는 논리의 어긋남에서 마음이 삐걱거리며 생겨난 것이었다. '지다'라는 하강의 단어를 발음하는 할머니의 생동감 있는 목소리가 낯설게 솟아올랐다.

성함이 어떻게 되느냐는 질문에 홀로인 듯 그 성함 적힌 문패를 가리키며 순할 순 사랑 애라 답하셨다. 사랑 애 자를 유독 강조하시던 갈라진 음성에 꽃잎들이 후두둑 내려앉았다. 정 많은 그 눈에 또 올지도 모른다는 눈길을 새기며 돌아서는데, 오로지 동백의 붉음만 짙게 깔린 카펫 위로 울음이 떨어질까 봐 발걸음을 서둘렀다. 떨어진 꽃잎 몇 장이 바람에 실려 날아오르고, 나도 바람 따라 걸음을 떼는데, 그때 그 마음은 '결코 지지 않는' 마음이었다.

● 떨어진 꽃잎의 색을 일컫는 이 어여쁜 이름들은 아라이 미키의 『색이름 사전』(정창미 옮김, 지노, 2022)에 등장한다.

꽃은 여자의 정원이 아니라 이웃집
정원에 피어 있었거든. (……) 하얀 꽃들은
담장 너머에서 희고 눈부시게 빛났지.

023

다비드 칼리 글, 모니카 바렌고 그림, 『사랑의 모양』
(정원정·박서영 옮김, 오후의소묘, 2022)

2000년대 도시의 담장을 허무는 일이 나라의 중요한 사업이던 시절이 있었다. 인구밀도 높은 도시의 주차난을 해소하려는 목적도 있었지만, 어쨌든 개방성이 주요한 이슈였다. 담장 없는 길은 누군가와 어딘가와 연결되어 있다는 환상을(어쩌면 때로는 진짜 그러할지도) 심어 준다. 그러나 한편 그런 세계에서는 "내가 밤낮으로 울며 구하는 곳"을 위하여 담장이 아닌 다른 무엇을 찾아야 하는 수고로움이 든다. 윌리엄 모리스의 시 「나는 작은 담장 있는 정원을 알고 있네」의 한 구절 "수선화와 빨간 장미로 뒤덮인 작은 담장 있는 정원을 나는 알고 있네."라는 시구를 이해하려면 이제 좀 더 낯선 곳으로 발길을 돌려야 한다. 지자체 사업이 활발히 펼쳐지지 않는 곳, 현대화가 덜 된 곳, 더디게 개발되는 곳.

담장 높은 집 안으로 들어서기 위해서는 조심성과 대담성이 필요하다. 삐거덕거리는 대문 안으로 빼꼼 얼굴을 들이미는 순간 우리가 보게 될 것은 예상할 수 없으니. 나는 몇몇 할머니들을 만났는데, 어떤 할머니들은 참으로 위대하여 사람들 사이의 담장을 여닫을 수 있는 문으로 변신시켰다. 낯설었다가 이내 익숙해지고 다음에는 보고 싶어지는, 국화도 기르고 다육식물도 기르며 맺힌 씨들을 도시로 나르라고 전해 주는 할머니들. 담장 덕분에 우리는 서로에게 닿아야 하는 밀물 같은 힘으로 친해지고, 나는 퍼뜨리는 새, 씨앗을 옮기는 사람, 말을 전하는 이가 된다.

타인의 담장을 떠나며 속으로 그 시구를 읊조린다. "그곳에서 나는 내가 원하면 함께 배회할 사람이 있네." 우리는 담장을 두고 살자. 낮은 담이라도 두어 부디 넘지 말고, 당신 꽃이 내게로 와 필 날을 내 꽃이 당신에게로 넘어 필 날을 기약하자.

생리 중인 여성이 머문 오두막에 비치된
물건 중에는 용도에 맞게 엄선한 이끼들을
담은 바구니가 있었을 것이다. 따라서
여성들은 다양한 이끼 종을 능숙하게
분별할 줄 알았고, 질감에 대해 잘 알았으며,
린네우스보다 훨씬 전부터 이끼들에게
다정한 이름을 붙여줬다는 결론에
이를 수 있다.

로빈 월 키머러, 『이끼와 함께』(하인혜 옮김, 눌와, 2020)

로빈 월 키머러는 물기가 많은 곳에 사는 이끼의 쓸모를 찾다가 포기할 때쯤 중요한 문장을 만난다. "이끼는 기저귀와 생리대로 널리 사용되었다." 저자는 많은 남성 민속학자들이 관심을 갖지 않았고 또 알 수 없었던 이끼의 중요한 역할을 찾아 헤매었다. 원주민어 사전에서 그냥 이끼, 나무이끼, 열매이끼, 바위이끼, 물이끼, 오리나무이끼 같은 단어들을 찾아낸 저자는 이 다정한 이름들이 당시 여성들과 이끼가 서로를 존중한 증거라고 여긴다.

겨울 부츠와 손모아장갑을 만들 때 사용하거나 새 둥지를 푹신하게 하거나 동물들이 겨울잠을 잘 때 배설물이 빠져나가지 못하도록 막는 등의 용도와는 완전히 다른 쓰임. 물을 잘 머금는 이끼 고유의 재능과 인간의 절실한 필요가 만나 이루어지는 호혜의 삶. 그것의 시작은 가까이 두고 보고 어루만지며 이름을 부르는 것이었을 것이다.

잘 알려진 비단이끼니 우산이끼 같은 몇몇 이름을 빼면 지금 어느 누가 이끼 하나하나 이름을 알고 부르며 쓰임을 따질까. 우리는 이제 식물과 단절되어 "옥수수 잎이 바스락대는 소리"가 나지 않는 시리얼이나 냉동식품을 먹으며 사는데 말이다. 백화점 진열대에 놓인 선물용 산삼 박스 안에서 분명 살아 있는 깃털이끼조차 많은 이들이 포장재이려니 그냥 지나치는데 말이다.

식물의 신성한 힘과 달의 운행에 삶을 맡겼던 원주민의 시대로 돌아갈 수는 없다. 하지만 그들의 마음을 닮고자 한다면, 과거 그들이 식물과 나누었던 대화를 떠올리고 식물과 온몸으로 소통했던 영광을 복기한다면 어떨까. 그러면 자연도 조용히 응답하며 계속 이렇게 같이 살자 하지 않을까, 염치없는 기도도 해본다.

식물들이 현지인들의 비밀을 폭로한다.

025

트리스탄 굴리, 『산책자를 위한 자연수업』(김지원 옮김, 이케이북, 2017)

법의학의 여왕이라 불리는 식물학자 퍼트리샤 윌트셔는 꽃가루, 균류의 포자, 밀폐된 나뭇잎들로 범죄 현장을 추론하고 수사 방향을 잡는다. 그녀가 『꽃은 알고 있다』에서 말한 것처럼 "죽을 수도 있고 아예 사라지기도" 하는 식물의 특성은 문학작품 속에서도 사건 해결의 실마리가 되고는 한다.

『꽃을 읽다』의 스티븐 부크먼이 지적하듯, 그림형제의 동화 『빨간 모자』에서 "늑대가 어린 소녀에게 숲속의 아름다운 꽃을 꺾도록 함으로써 그녀가 자기보다 할머니 집에 늦게 도착하게" 하는 설정으로 꽃이 가볍게 이용된다. 하지만 애거서 크리스티 의 『살인을 예고합니다』에서는 엎질러진 크리스마스로즈 화병 이 범죄 현장을 추론하는 결정적인 힌트를 제공한다. 탐정 마플 양은 크리스마스로즈 화병이 엎질러진 광경을 보고 범죄 현장에 있던 시든 제비꽃을 떠올린다. 그러고는 시든 제비꽃이 담겨 있던 화병의 물 역시 엎질러졌거나 누군가 고의로 쏟아 버린 것이라고 추론한다.

이렇듯 식물은 비밀을 '폭로'하게 되어 있다. 광활한 자연에서든 울타리 쳐진 정원에서든 일상의 거실에서든 식물은 메시지를 지닌다.

아니 에르노의 『사진의 용도』에 등장하는 호텔 아미고 223호실. 커튼 사이 창밖으로 반대편 건물이 내다보이고 테이블 위 화병에는 붉은 장미가 꽂혀 있다. 남자가 아마도 다른 여자에게 전화를 하고 들어오는 길에 그 꽃을 샀을 거라는 '추론'은 어느 풀밭에 토끼풀이 우거진 곳마다 많은 사람이 오갔으리라는 추측보다 주관적이지만, 판단은 어쨌든 다음 장면으로 이어지는 동력을 제공한다. 세상을 초록으로 물들이는 일만큼 매력적인 식물의 일은 세계의 플롯을 구축하는 일이다.

체소의 종류가 아무리 다양해도
모두 샐러드라는 이름 아래 모인다.

미셸 드 몽테뉴, 『에세 1』(심민화·최권행 옮김, 민음사, 2022)

작위나 신분을 들먹거리는 그 잘난 '이름'들을 "하나의 소리, 또는 너무도 쉽게 바꿀 수 있는 서너 번의 펜 놀림 자국일 뿐"이라고 정의하며 평등과 자유를 말하는 몽테뉴의 이 문장은 샐러드를 먹을 때면 떠오르는 즐거운 곁들임이다.

몽테뉴 이후 오백 년이 지난 오늘날. 지금은 그때보다 얼마나 다양한 식물과 채소 들이 그 이름을 소리 내어 불러보지 않고는 견딜 수 없게 아름다움을 발하는가. 그 개성을 섬세하게 논하지 않고 지나치는 것은 여행을 하면서 눈을 감은 채 네 바퀴로 휙 지나치는 것이나 마찬가지다. 여행길의 푸른 청보리밭과 메타세쿼이아 나무들과 그날의 바람을 어루만지듯 샐러드 볼에 들어갈 모든 채소들을 일일이 열거해 본다. 치커리, 로메인, 셀러리, 루콜라, 적근대, 래디시, 비타민…… 나는 이 아름다운 이름들을 샐러드 한 그릇으로 버무리고 말 의사가 전혀 없다.

무라카미 하루키는 『샐러드를 좋아하는 사자』에서 엄청난 양의 샐러드를 먹는다고 밝힌 적이 있다. 호놀룰루의 한 레스토랑에서 아주 마음에 드는 샐러드를 만난 적이 있다며, 그 샐러드에 들어가는 채소들 몇 개를 언급한다. 마노아레터스, 쿠라토마토, 마우이어니언을 넣은 단순한 샐러드였는데, 이 채소 이름 때문에 그 페이지에 인덱스 테이프를 붙여 두었다. 언젠가부터 그 "사랑스러운 샐러드"가 사라져 불편했다는 하루키의 말은 에메랄드빛 바다와 크림색 해변으로 또 이국의 초록들 속으로 나를 이끈다.

한 번쯤은 당신 취향에 맞는 샐러드를 찾아 그 레시피에 담긴 식물들의 이름을 명명해 보는 건 어떨까. 몽테뉴는 언제나 유효하다.

아빠는 얼굴을 아침 해 쪽으로 돌린 채
커피를 따르며 정적을 깨고 말한다.
"타하와스 신들께 바칩니다."
커피 줄기는 매끄러운 화강암 위를 흘러
커피만큼 투명한 갈색의 호숫물과 섞인다.
커피가 똑똑 떨어지며 창백한 지의류를
몇 조각 접고 작은 이끼 덩어리를 적시며
물줄기를 따라 물가로 흘러가는 광경을
바라본다. 이끼는 물에 부푼 채 해를 향해
잎을 펼친다.

로빈 월 키머러, 『향모를 땋으며』(노승영 옮김, 에이도스, 2020)

'타하와스'는 에디론댁 산맥에서 가장 높은 봉우리인 마시산을 일컫는 알공킨어로 '구름을 가르는 자'라는 뜻이다. 온전하지는 않지만 이 타하와스의 신들을 향한 경배의 근원은 인디언 문화에서 찾을 수 있다. 포타와토미 부족 출신이자 식물생태학자인 저자 로빈 월 키머러는 향모라는 식물로 자연과 인간과 동물이 하나로 연결된 세계를 그려 낸다.

향모는 벼처럼 생긴 향모속 식물이다. 인디언들은 향모를 땋아 제의 때 사용하거나 선물했으며, 향으로 태우거나 바구니를 만들기도 했다. 향모는 인디언들에게 '어머니 대지님의 하늘거리는 머리카락'으로 불리는 호혜의 선물이다. 인디언들은 꼭 필요한 만큼만 감사한 마음으로 향모를 수확했다. 그렇게 베어 낸 자리에서는 베어 내지 않은 자리보다 더 건강하고 아름다운 향모가 많이 자라났다. 그러니까 인간에게 향모가 필요한 것처럼 향모에게도 인간이 필요하다는 것이다. 물론 딱 알맞을 정도로만.

내 부엌에서 사는 이끼는 나와 어떤 호혜의 관계를 맺고 있을까. 자유로운 영혼인 이끼를 실내에 가두어 둔 내 마음대로 정당화하는 것일지도 모르지만, 이끼는 한 인간과 살아가는 독특한 경험으로 제 생을 보내고 나는 내 곁에서 몸을 부풀리는 이끼를 보며 새의 숨결 같은 작은 맥박을 느끼고 겸손해진다. 이 일련의 의식은 자연과 생명에 대한 기도는 되지 못할지라도 어제와 다른 오늘을 감사한 마음으로 맞는 준비운동은 된다. 차가운 물에 첨벙 뛰어들어도 다리에 쥐가 나지 않을, 그런 준비운동. 미슈코스 케노마그웬Mishkos kenomagwen. 포타와토미 부족의 언어로 "그대가 필요합니다."라는 뜻이다.

가을에는
기도하게 하소서
낙엽들이 지는 때를 기다려 내게 주신
겸허한 모국어로 나를 채우소서

028

김현승, 「가을의 기도」 『한국의 명시』(종로서적, 1980)

시월이면 나뭇잎들이 군데군데 붉어지기 시작한다. 나뭇잎들이 변하기 전부터 이미 감나무의 감들이 빨갛게 익어 가 세상에 붉음의 움직임이 활발해짐을 느끼는 시기다. 초록의 대지에 장난기 많은 빨강의 신이 조금씩 점을 찍고 다니면 곧 노랑의 신이 합류한다. 잎이 떨어지기 전까지, 온 에너지를 물들이는 일에 집중하는 신비로운 시간이 지나면 이후는 시인의 시간이다.

낙엽이 지는 때에 겸허한 모국어로 채워져 있기를 간절히 소망한 시인의 마음은 감히 상상하기 어려운 숭고한 정신에서 비롯한다. 봄마다 여름마다 낮고 충만한 언어들을 얻기 위하여 그는 무엇을 했을까. 걸었을까, 멀리 바라보며 가만히 앉아 있었을까, 일상과 투쟁했을까.

김현승 시인의 낙엽은 내겐 플라타너스 낙엽이다. 세상 많은 나무들이 잎을 떨구는데, 그의 시 「플라타너스」 때문인지 유독 플라타너스만 꿈을 꾸고 같이 사랑을 나누다 이제는 하루를 정리하듯 한 해를 정리하자고 말하는 것 같다.

시인은 플라타너스를 두고 이렇게 말했다. "가로수 플라타너스는 반려의 소재로 사용되기 매우 적절하다. 그 모습과 그 풍치와 그 품위 있는 무늬는 인간으로 친다면 우아한 귀족풍에 알맞다." 반려라는 접두어를 붙인 단어들이 홍수처럼 쏟아지는 시대지만 그 누구도 반려 가로수를 말하지 않는다. 가질 수 없기 때문일 것이다. 그는 오롯이 내 것인 창가 반려식물보다 창밖에서 자유롭게 춤을 추는 플라타너스를 보며 소유의 개념, 지나치게 친밀한 관계를 벗어난 유연한 반려를 노래했나 보다. 계절이 펼쳐진 길 위 가로수들이 내 반려식물이라면 가진 것 하나 없어도 나는 무엇도 탐나지 않을 것 같다.

"죽은 후에도 아름다운 식물만이
기를 가치가 있다."

029

피트 아우돌프·노엘 킹스버리,『후멜로 – 피트 아우돌프의 삶과 정원』
(최경희·오세훈 옮김, 목수책방, 2022)

무채색의 겨울 정원에 화려했던 빛깔은 다 증발하고 뼈대만 앙상하게 남은 에키나세아 위로 서리가 내린 사진은 머리를 식히고 싶을 때 펼쳐 보면 도움이 된다. 특히 겨울잠에서 깨어나려 안간힘을 써 보지만 손가락도 꼼짝하기 싫은 추운 날에 '그럼에도 불구하고' 살아 있음을 느끼기에 그보다 좋은 처방은 없다.

죽은 식물과 절정의 아름다움을 넘긴 식물에 대해 쓰고 싶다고 했을 때 거절당한 적이 있었다. 편집자가 말했다. "아름답지 않잖아요."

나는 그에게 더 많은 것들을 설명했어야 했다. 겨울 들판에 당당하게 서 있는 에키나세아를. 초록 잎도 연한 보랏빛이 도는 레이스 같은 꽃도 다 지고 앙상해졌지만 실은 더 단단해진 로즈마리 가지의 우아한 선을. 죽어도 얇은 이파리들만 떨구어 낼 뿐 쓰러지거나 문드러지지 않고 흔들리는 줄기를 유지하는 베이지색 아스파라거스를. 갓 터지는 씨앗과 저물며 맺어지는 씨앗의 중량을 비교하는 것이 어리석을 만큼 완벽하게 다 아름다웠던, 내가 본 질긴 생명의 서사를.

죽어서도 눈부시게 아름다운 것들을 말하는 벗들이 더 많아지면 좋겠다. 회향, 억새, 세둠속 식물에 눈이 쌓인 아름다움을 본다면, 누구든 불편함 따위 털어 버리고 기꺼이 죽음이 만연한 겨울 정원의 교향악에 동참하게 될 텐데. 썩으면서부터 더 빛나는 그 낮은 채도의 우아하고도 밀도 있는 색을 한 번만 본다면.

식물은 시들거나 마를 뿐 죽지 않는다. 다시 태어나고 다른 식물을 살리며 심지어 땅 밑으로 꺼질 듯 불안한 영혼에 숨결을 불어넣는다.

내 말은 이쯤에서 끝내니까, 나머지 이야기는
봄에 피어나는 저 찬란한 꽃들에게 들으라.

030

법정, 『아름다운 마무리』(문학의 숲, 2008)

찬란히 만개한 꽃들만 꽃일까. 꽃 피우지 않을 때, 꽃잎 질 때, 그 모든 순간이 귀하니 꽃의 생 전체를 끌어안으라 하신 말씀일 것이다. 매 순간을 두 눈 크게 뜨고 두 귀 활짝 열고 자연과 함께하라는 말씀일 것이다.

마당 있는 그 집 울타리 장미는 오월에 피어 시월까지도 찬란한 모습이고, 앤 같은 주근깨를 한 발랄한 주홍빛 나리꽃은 여름 한철 아이돌 스타처럼 꼿꼿하게 빛나고, 아무리 보아도 지겹지 않은 배롱나무의 진한 분홍꽃은 여름의 절정에 피어난다. 제주의 수국도, 금오도의 동백도, 강진의 모란도 다 그때.

하지만 그 화려한 시기가 아닌 순간들이 더 많은 우리 인생은 꽃 없는 무성한 초록 풍경, 나뭇가지마다 새하얗게 내려앉아 가지들의 결을 또 그들의 어긋남을 뚜렷하게 확인할 수 있는 하얀 풍경 때문에 더 빛나기도 하지 나. 잘 정돈된 수목원의 산책로나 온통 꽃인 봄 축제 현장이 아닌, 이월의 마른 풀들 곁을 걷는다. 그러면 새순이 나기 전 끝남의 절정에 달한 묵은 억새들이 얇은 트레이닝 바지를 스치고, 낙엽들 사이에서 살아남은 맥문동의 마른 초록과 노란 갈색이 운동화 위로 물들어 오며, 하나하나 이름 짓고 싶은 천 개의 초록을 다 담고 있는 이끼가 어서 깨어나라는 듯 피어나는 것이다.

식물들은 세상이 급속도로 변화할 때
항상 신뢰할 수 있는 한 가지 요소를
찾아내는 것이 중요하다는 것을 알고 있다.

031

호프 자런, 『랩 걸』(김희정 옮김, 알마, 2017)

식물들은 추울 때 어떻게 할까. 이 도시 지하에 자리잡은 나무들의 뿌리 옆에 미로 같은 관을 타고 흐르는 도시가스나 전기난로를 떠올리는 바보는 없을 것이다. 식물들은 문명의 도움 없이도 겨울을 나도록 설계되어 있다. 식물은 추운 겨울이 되어 해가 짧아지면 경화 과정을 거친다. 세포 안의 순수한 물이 흘러나오고 세포 안에 남은 당, 단백질, 산이 농축되어 시럽 같은 상태가 된다. 이 시럽 상태가 부동액 역할을 한다고 호프 자런은 설명한다. 그래서 겨울에도 나무는 얼지 않고 버틸 수 있다.

식물을 걱정하는 마음으로 그 밤을 보냈다는 사실은 다음 날 아침을 충만하게 만들었다. 밤새 선잠을 잤는데, 창밖에서 부는 찬바람에 현관 밖에 둔 아라우카리아와 겐차야자가 걱정되어서였다. 이 녀석들의 고향은 열대 지방이다. 새벽녘 정신이 들자마자 현관 중문을 열었을 때 현관문 안쪽에 신발들과 나란히 있는 녀석들을 보고 안도했다. 그리고 이렇게 식물을 들여놓은 이가 곁에 있는 이라는 사실에 감사한다.

추울 땐 한 겹 더 입고, 서로 등을 맞대고, 손을 잡고…. 이런 말들이 왜 따뜻할까 곰곰 생각해 보면 문명의 도움 없이 인간에게서 얻는 있는 그대로의 온기를 읽을 수 있어서이다. 우리는 날씨와 바람과 온도로 멸망할 수 있다. 그러니 식물의 능력을 갖지 못한 우리는 우리만의 무기를 가져야 한다. 꽁꽁 언 손을 따뜻하게 만들어 줄 털장갑도 좋고, 손을 감싸 줄 이도 좋다. 신뢰할 수 있는 요소 몇 가지를 만들어 겨울을 나자. 인생을 나자.

지금 정원에는 1년 중 가장 찬란하게 빛나는
꽃들이 피어 있지. 타오르는 불꽃처럼
빨간 석류가 여기저기 피어 있고, 달리아와
모란, 백일홍, 과꽃, 그리고 매력적인
붉은 푸크시아도 보이는군! 그러나 늦여름과
초가을의 다채로운 색을 상징하는 꽃은
아무래도 백일홍이지!

헤르만 헤세, 「여름 편지」 『정원에서 보내는 시간』
(두행숙 옮김, 웅진지식하우스, 2013)

계절이 언제 오는지는 나는 냄새로 알 수 있다고 말하곤 했다. 그 냄새란 이미 풀과 꽃과 나무와 곤충과 흙이 서로 작용하며 만들어 낸 것이리라. 그러니까 자연의 모든 것들이 새로운 계절을 맞으려 채비를 마쳤을 때 나는 그 냄새를 맡고 눈에 보이지 않는 것을 발견했다는 듯 혼자서 들뜨고는 했던 것이다.

담양에 있는 소쇄원을 산책하다가 걸음을 멈춘 적이 있다. 이물스러운 풍경 때문이었다. 때는 일월 말이었고, 문밖의 맹추위가 문 안쪽에서도 자꾸 몸을 웅크리게 만드는 계절이었는데, 별꽃이 연한 초록 카펫처럼 펼쳐져 있는 게 아닌가. 말 그대로 '양지바른 곳'이었다. 원림 가운데 담장마다 빼곡하게 겨울을 살아 내고 있는 바삭한 마삭들과 달리 별꽃들은 얼마나 여린 새잎을 틔우고 있는지! 풍요로운 햇빛과 따뜻한 바람을 혼자서만 독차지한 채 먼저 봄을 시작하고 있었다. 나는 이제 막 입 밖으로 뱉어 낸 말의 초성을 떠올리는 아이처럼, 글자를 배우기 시작한 아이처럼 그 풀밭 앞에 서 있었다. 그러고는 곧 입춘이 왔다.

그러니 이젠 바꾸어 말하겠다. 피어나는 계절은 피어나는 풀잎으로 오고, 사그라드는 계절은 사그라드는 나뭇잎으로 온다고 말이다. 모든 것이 다 준비된 뒤 완벽한 화학 작용으로 이루어진 그 냄새 이전에 말이다.

헤르만 헤세는 여름의 끝에서 빨강, 주홍, 노랑 온갖 다채로운 빛깔을 뽐내다가 서서히 회색으로 청동빛으로 바래 가는 백일홍의 꽃잎 한 장 한 장, 그리고 뒷면의 주름까지 살피며 가을을 맞았다. 식물로 계절을 맞지 않는 사람들도 많겠지. 다른 사람들은 무엇으로 여름을 보내고 가을을 맞을까. 또 겨울을 보내고 봄을 맞을까.

저는 풀밭을 보고 싶어요.

033

프랑수아즈 사강, 『브람스를 좋아하세요...』(김남주 옮김, 민음사, 2008)

"브람스를 좋아하세요?" 스물다섯의 남자 시몽이 서른아홉의 여자 폴에게 묻는다.

프랑수아즈 사강이 제목 끝에 꼭 붙여야만 한다고 주장했던 점 세 개의 말줄임표. 그래서 지금도 말줄임표의 분위기까지 함께 읽히는 이 소설 제목은 본문에 등장하는 시몽의 대사다. 아니 시몽의 질문이고, 폴에게는 잠언이다.

이 말줄임표에 담긴 의미를 쓰라는 문제가 주어진다면, 나는 백지로 된 답안지를 제출하고 폴과 시몽이 거닐었던 풀밭으로 달려갈 것이다. 그 말줄임표에 담긴 열정, 감흥, 분노, 애정, 순수 등을 어떻게 제한된 시간에, 그리고 종이 한 장에 다 적을 수 있을까. "자기 생활 너머의 것을 좋아할 여유" 말고도 지금의 연인을 사랑하는지, 사랑하는 모습을 사랑하는 것은 아닌지, 떨림은 어디로 떠나 버렸나 궁금하기는 한지……

폴은 시몽에게 풀밭을 보고 싶다고 말한다. 깊어지는 가을 노랗게 변한 풀밭을. "사랑을 우연한 것이 아니라 확실한 그 무엇으로" 만들고자 하는, 이제 막 사랑을 시작하는 시몽에게.

'풀밭'이라는 낱말은 파릇하고 어리고 생동하는 듯한 인상을 주지만, 시몽과 폴이 거닐었던 낙엽이 바스락거리는 가을 풀밭은 나뭇잎이 썩으며 흙 속 온갖 미생물들과 결합하며 형성되는 냄새로 진동하는 저무는 풀밭이다. 시몽이 그 낙엽 타는 냄새를 좋아하는 것도 어쩌면 '그 나이에도 불구하고' 인생의 완숙한 시기를 모르지 않는다는 메시지였을지 모르겠다.

그런 남자 시몽이 주는 "완벽한 어떤 것, 적어도 어떤 것의 완벽한 절반" 그런 느낌을 찾으러 가을 풀밭을 거닐어 본다. 초록도 아니고, 꽃도 없는 풀밭 위를 거니는 발걸음마다 난이도 최상의 말줄임표(그 누구에게도 쉽게 읽히지 않기를 바람)가 생겨난다.

올해도 어김없이 홍매화 피었다.
서둘러 찾아온 진객에게 무릎을 꿇고 싶다.
그대여 너무나 고맙다.

034

허연, 『너에게 시시한 기분은 없다』(민음사, 2022)

겨울이 길다. 겨울이라는 관에서 웅크린 채 화석이 되어 버렸다가 미래의 인간들이 나를 웅크린 몸의 동물로 알면 어쩌나 걱정이 되기 시작할 때, 하얀 눈도 매서운 바람도 뜨거운 난로도 점점 지루해지고 식물들을 위해 뻑뻑한 새시 창을 열었다 닫았다 하는 일이 힘에 부치기 시작할 때, 미미한 볕만 새어 들어도 그것이 마치 봄인 양 윙컷 당한 날개를 펴려는 작은 새처럼 안간힘을 다해 볕이 든 자리로 시린 발을 옮길 때. 그럴 때 찾아드는 꽃, 매화.

정말로 매화가 봄을 알려 와서 좋은가요. 저는 겨울을 끝내 줘서 좋아요. 누군가와 차를 마신다면 그렇게 말해야지, 준비한다. 저는 식물 일을 하기 전까지는 삼십 년 넘도록 겨울만 기다리던 아이였는데요, 하고 이야기를 시작해야지. 아니면 카렐 차페크가 『정원가의 열두 달』에서 언급한 황매화에 대해 말할까. "아무것도 없어 보이지만 사실 오렌지색 황매화가" 겨울 정원에 숨어 있었던 거라고. 하지만 그만두겠다. 긴 겨울 땅에 숨어 있는 것들이 어디 그뿐일까.

시인은 매화를 기다렸을까, 아니면 갑작스레 맞이했을까. 고맙다고 한 것으로 보아서는 기다렸던 것도 같은데, 혹시 홍매화가 너무 서두르는 바람에 그 겨울 미처 하지 못한 말과 다하지 못한 사랑이 남아 있는 건 아닐까 하고 나는 하릴없는 걱정을 한다.

가장 먼저 봄을 알리는 매화는 '기다렸다는 듯이'라는 관용구를 설명하려고 만들어진 꽃처럼 이른 봄 가장 많은 이들이 찾긴 하지만, 다 그런 건 아니다. 식물을 찾는 손님들은 얼마나 다양한지! 어떤 이는 매화가 피자마자 매화를 찾고, 어떤 이는 매화가 시들 때쯤 매화를 찾고, 어떤 이는 매화를 죽이고 매화를 찾고, 어떤 이는 추위가 찾아오자마자 봄이 그리워 매화를 찾는다. 덕분에 나는 일 년 내내 매화, 매화, 매화…를 들으며 산다.

공원을 바라보았다.
노란 초록, 푸른 초록, 붉은 초록,
연보랏빛 초록, 태양빛 초록, 그리고
떨리는 초록을, 오렌지 나무에 핀
꽃들의 소리도 들었다.

035

에곤 실레, 「바라봄」 『나, 영원한 아이』(문유림·김선아 옮김, 알비, 2018)

에곤 실레는 친애하는 내 동생 정영이 좋아하는데, 정영 책장에서 에곤 실레의 책을 뒤적거리다가 나도 덩달아 좋아하게 되었다. 한 가지에서 나온 두 개의 가지, 자매라는 걸 의심해 본 적이 없는 정영과 나는 취향이 비슷하다. 이언 보스트리지를 들으며 첫눈에 반하듯 첫 음성에 반했고, 영화 『노매드랜드』 OST를 자주 듣는다.

에곤 실레의 책을 집어 들었다가 하나의 문장 앞에 멈춰 선다. 복잡한 빛깔을 다 담아 낸 명료한 단어들이 숨길을 막고 잠시 멈추라 한다. "노란 초록, 푸른 초록, 붉은 초록, 연보랏빛 초록, 태양빛 초록, 그리고 떨리는 초록"이라니. 인상파 화가들이 해의 기울기에 따라 달리 보았던 초록들이 이런 느낌이었을까.

이병률 시인의 「여행」이라는 시 가운데 이런 구절이 있다. "우리는 어찌어찌 무엇이라도 하겠다고 태어난 게 아니라 / 좋아하는 자리를 골라 / 그 자리에 잠시 다녀가는 것" 내게 사는 것이란 내 몸에 지닌 원소로 이루어진 무언가를 만나러 다니는 일이다. 나는 내가 어떤 원소를 지녔는지 다 알지도 못해서 어떤 것을 발견하고 보고 느낄 때 비로소 나 자신을 자각하기도 한다. 그 한 줄기 빛을 바라는 마음으로 책이라는 바다를 표류하고 깊고 깊은 식물 앞에 허리를 굽히며 또 갑작스레 운전대를 잡는다.

그리고 정영과 논다. 몇 시간씩 공원을 산책하고 이따금 감탄사 같은 몇 마디를 나누며 자주 아무것도 하지 않는다. 풀과 나무들이 숨죽인 듯 지내는 겨울에도 우리가 같이 하는 일은 그저 고요히 걷는 것. 도시 어딘가에 살아 움직이는 하얀 초록, 은빛 초록, 회색빛 초록… 그것들을 찾아 더 더 고요해지는 것.

자글대며 서롤 간지럽히는
선만 남은 나무
춥지 않은 겨울밤
노래도 듣기 싫은 밤

036

정밀아 노래, 『춥지 않은 겨울밤』

겨울을 살아 본 사람이라면 알 것이다. 우리말에 왜 봄나무, 여름나무, 가을나무는 없고 겨울나무만 있는지.

장석남 시인이 시「오래된 정원」에서 그린 것처럼 "해 질 무렵 석양과 함께 붉고 푸른 빛을 토해 내는 듯한 배경 위로 가지를 뻗"는 "연필 선" 같은 단순한 외형의 나무들은 어느 계절보다 고아한 분위기를 자아낸다. 그런 겨울밤에 나는 많이 걷는다. 꼭 보아야만 할 것이 있다는 듯 여름밤보다 더 자주 걷는다. 선명하게 목숨을 드러내고 있는 겨울나무들을 보면, 언젠가 내가 닿을 곳과 그곳의 벗이 그려진다.

새까만 스크래치북처럼 겨울은 아직 드러나지 않은 기쁨과 환희를 감추고 있는 계절이다. 나는 어릴 적 그게 그렇게 하고 싶어서 8절 스케치북에 많은 크레파스들을 갖다 바치고는 했다. 성격, 좋아하는 것, 이름, 나이 같은 것들이 다 다른 것만 같던 수많은 색깔들. 나무 펜으로 스크래치북을 긁으면 이미 정해진 기쁨과 환희가 점점 모습을 드러내는 것처럼, 내게도 나를 기다리는 기쁨이 있었으면 하고 바랐던 것일까. 겨울은 그렇게 숨죽인 채 여린 들숨들을 조금씩 모아 생명을 터뜨리는 도화지다. 까만 도화지 위에 최소한의 연필선으로 이루어진 앙상한 나무들이 에너지를 응축하며 생명으로 폭발할 봄을 기다린다.

기다리는 시간, 메마른 시간, 앙상한 시간. 겨울나무는 이 모든 시간을 담아내는 계절의 전사다. 그러니 겨울나무라는 낱말은 계절과 시간과 자연에 대한 우리의 본능적인 헌사다. 이왕이면 '까만밤겨울나무' 같은 낱말도 있으면 좋지 않을까. 그런 따뜻한 낱말들이 늘어나면 정말로 춥지 않을 것 같다. 오늘도 일이 많았고, 지쳤다면 지쳤다. 하지만 기꺼이 다가가 "선만 남은 나무"처럼 그대를 간지럽히고 싶은 지금은 겨울밤.

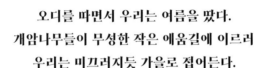

오디를 따면서 우리는 여름을 땄다.
개암나무들이 무성한 작은 에움길에 이르러
우리는 미끄러지듯 가을로 접어든다.

037

필리프 들레름, 「오디 따러 가다」 『크루아상 사러 가는 아침』
(고봉만 옮김, 문학과지성사, 2021)

여름은 오디와 산딸기와 살구로 오고, 가을은 개암과 도토리, 밤 따위로 온다. 열매가 태어나 살고 죽는 동안 계절은 길을 건넌다.

나무의 온 에너지가 모이고 새 생명의 씨앗을 가두는 결정체, 열매. 그러니 한 나무의 열매가 무르익는 시기로 그 나무의 계절을 말하는 것이 무리는 아니겠다. 계절과 상관없이 셀 수 없이 무성한 잎들이, 점점 굵어지는 가지들이, 땅 위로 솟은 몸체만큼 아래쪽으로 깊이 뻗어 가는 뿌리가 서운할지 모르겠지만.

내게 여름은 산딸기와 보리수로 온다. 저것 봐, 저것 봐. 숲에서 도시의 가로수들 사이에서 열매를 만나면 누가 미처 발견하지 못한 비밀스러운 것을 보았다는 듯 기쁨의 탄성을 지른다. 매사 시큰둥한 사람도 극성맞고 화가 많은 사람도 쉽게 찬탄하는 법이 없는 사람도 나무에 달린 열매 앞에서는 그렇게 순해진다. 열매가 쉽게 구할 수 없는 무엇이어서가 아니다. 배고픈 새들이 먹고 간 흔적, 가지가 우거져 어두컴컴한 곳까지 팔을 뻗었을 때야 겨우 내 차지가 되어 주는 열매다움, 잎사귀가 흔들리며 날아드는 달콤한 바람까지 모든 구성이 극적이기 때문이다.

시골집 마당엔 보리수나무가 있다. 한 차례 새 무리가 날아들어 좋은 열매들을 쪼아 먹고 간다. 그러고는 다른 무리가 또 한 차례 날아들어 남아 있는 열매들을 먹고 간다. 이제 겉보기에 남은 열매가 거의 없을 때, 한눈에 보기에도 어리고 연약한 새 무리가 날아와 나무 주변을 빙빙 돈다. 배고픈 새들을 보다 못한 엄마는 나무 가운데로 가위를 넣어 여린 새들에게 길을 터 준다. 나무의 중심 그 깊은 곳에 가장 달큰한 우리가 맛본 적 없는 보리수 열매가 있다. "여름의 마지막 햇살이 온통 잠들어 있는" 그 열매들은 그렇게 가장 힘없는 새들의 차지가 된다.

어린이는 흔히 엄마를 도와 수렵 채집에
나서기도 하며, 스스로 음식을 해결하기도
한다. 예를 들어, 베리 열매가 열리는
계절에 핫자족 어린이들은 대부분 스스로
먹을거리를 해결한다.

로버트 L. 켈리, 『수렵 채집 사회』(성춘택 옮김, 사회평론아카데미, 2014)

운전을 하며 지나다가 처음 그 나무에서 열매를 따는 여자를 보았을 때 그 여자가 나무의 주인인가 생각했다. 며칠 뒤 차창 밖으로 한 남자가 썼다 벗은 것으로 보이는 모자에 그 나무 열매를 따담고 있었다. 전에 본 여자와는 무관한 행인일 거라는 생각이 들자 나는 괜히 안도했다. 그 나무에 주인이 없다는 사실에. 열매를 주렁주렁 단 여름의 보리수가 누구의 나무라도 상관없다는 듯길가에 서 있는 것이 꼭 보시 같았다.

전에 그 여자가 열매를 남겨 두었구나, 하는 생각에 미치자 가슴이 뛰었다. 나무 앞에서 열매를 땄을 작은 손, 거친 손, 주름진 손, 떨리는 손, 불쌍한 손 들이 모두 달려들었을 풍경이 누구든 쉬이 가엾게 여길 일 없어진 나를 흔들어 깨웠다.

태양이 빛의 세기를 조절하는 듯 호흡을 가다듬으며 뜨거운 여름을 예고하던 날, 우리 집에도 보리수 열매가 왔다. 김제 시골집에서 온 사과 박스에 바람과 햇살이 다 들어 있었다. 보리수 열매를 싼 신문지를 뒤적이자 배고프다고, 먹이는 어디에 있느냐고, 아 저기 있다고, 같이 먹자고, 나누어 먹자고, 조금만 남겨 두자는, 한 차례 먹고 떠들다가 뒷동산 자엽안개나무 곁으로 날아간 새들의 소리도 함께 부스럭거렸다. 몇 알 따 먹으려고 나무 곁으로 다가서는 행인의 인기척에 놀라 푸드덕 달아난 새들의 날 갯짓 소리까지도 들리는 것만 같았다.

수렵은 사라진 지 오래지만, 채집은 영원할 것이다. 나무가 있는 한. 배가 고프지 않은 날에는 나무 아래 누워 잎사귀가 흔들릴 때마다 매 순간 달라지는 수만 가지 빛깔들을 채집해야지.

크리스마스로즈는 그대로 놓아두기만 하면
거의 죽지 않는다. 이 꽃은 어떤 움직임도
여행도 좋아하지 않는다. 우리가 땅에서
떨어져나간 것의 쓰라린 대가가 어쩌면
죽음의 운명일지도 모른다.

039

한병철, 『땅의 예찬』(김영사, 2018)

식물은 씨앗이 날아가 종이 퍼지기는 해도 뿌리부터 줄기, 꽃, 열매까지 하나의 개체 전체가 스스로, 온전히 이동하는 일은 없다. 한 자리에서 나고 죽는 것이 식물의 숙명이다. 그런데 동물은 태어나면서부터 죽는 순간까지 끊임없이 이동한다. 탄생에서 죽음에 이르기까지의 역동성은 동물과 식물을 구분하는 중요한 지표다.

그리고 또 하나의 다름은 다시 태어나느냐 그러지 않느냐에 있다. 동물에게 죽음은 끝이다. 하지만 식물에게 죽음은 다시 태어남이다. 소멸은 곧 다시 태어나겠다는 기약이고 약속이 된다. 그런 의미에서 식물이 여행을 좋아하지 않는다는 말은 공간의 이동을 즐기지 않을 뿐이라는 말로 재해석할 수 있다. 사실 식물은 여행하고 또 여행한다. 그들이 나고 지고 또 나는 모습이 여행이 아니라면 무엇일까.

출판사 수오서재의 겨울 정원을 정리하다가 황량한 땅에서 발견한 유일한 꽃이 크리스마스로즈였다. 몸을 낮추고 소리를 낮추고 거센 비바람과 찬 서리에 동조하며 조용히 피어 있던 크리스마스로즈. 디키탈리스의 마른 꽃대와 비슷한 빛깔의 그 꽃잎은 화려한 축제를 끝낸 뒤 바래진 자줏빛을 띠고 있었다. 화려한 여름 색채가 아닌 단조의 우아한 빛깔. 땅의 일부였고 지금은 땅에서 "떨어져 나온" 꽃. 나는 경이로움으로 마른 풀밭에 몸을 숙인 채 낮게 더 낮게 구부리며 얼마나 그 꽃을 바라보았는지.

"얼음서리에도 저항"하며 살아 내는 겨울 정원의 파동 위에서 크리스마스로즈에게 속으로 물었다. 너의 여행은 언제부터 진행 중인 거냐고. 무얼 보고 들었냐고. 출판사 정원의 마른 잔디들 사이로 바람이 휘 불 때 책이 되지 못한 낱말들이 뒹굴며 신비로운 답을 모으고 있는 것 같았다.

그 비밀스런 빛나무의 위치를 누군가에게
알리지 않는 것도 중요하겠지만, 어쩌면
단 한 사람에게는 알려야 할지도 모른다는
예감 또한 어쩌지는 못하겠다.

이병률, 『그리고 행복하다는 소식을 들었습니다』(달, 2022)

벚꽃의 계절이 끝나갈 무렵, 가는 봄 지는 꽃이 아쉬워 벚꽃의 북방한계선을 향해 달렸을 시인의 조바심을 알겠다. 나도 그러니까.

봄에는 사진을 찍고 다닌다. 사진을 잘 찍어서가 아니라, 놓치기 싫어서다. 사진만이 유일하게 온전히 남을 것만 같기 때문이다. 기억의 부정확성과 모호함은 매력적이지만 기록 측면에서는 결국 단점이 될 수밖에 없어서 나는 조금이라도 더 정확하게 그것을 붙들고자 종이와 연필과 핸드폰과 카메라를 동원한다. 할 수만 있다면 어떻게든 더 애를 써서 선명한 모습들을 간직하고 싶다. 식물이라면 더더욱.

시간이 비껴가는 것만 같은 거리의 낡은 상점 간판을 가리는 줄기와 나뭇잎들. 아스팔트를 화폭으로 물들이는 인상파 화가의 붓질 같은 꽃잎들. 흩어지는 즐거움 한 잎, 한 송이.

작년 봄에는 목련을 몇 그루 찍었는데, 숨 막히도록 가득 피어난 한봄의 풍경은 다른 계절에 인화되었다. 디지털의 편리함에도 불구하고 아날로그 필름 사진을 찍는 것은, 시간의 간극이 만들어 내는 굉장한 시각적 혼돈 때문이다. 내가 보았던 것을 까맣게 잊고 있다가 며칠 후 몇 달 후 다시 보는 일은, 잊혔던 세계가 재탄생하는 순간의 전율을 느끼게 한다.

지난 계절이 그렇게 기억에서 인화지로 한 장 한 장 다시 나를 찾아올 때, 그런 생각을 했었다. 나만 알아야지. 이른 봄 파주에 가면 SNS 핫플레이스라는 휘황찬란한 도넛 가게와 카페가 있고, 그 근처에 사람들이 일부러 찾을 리 없는 빛바랜 건물이 있고, 그 앞에 늦게까지 꽃을 피우는 작은 목련 나무가 있다. 그 나무 앞에서 속삭였던 말은 인화되지 않으나 생생하다. 아직 피어 있구나.

상점에 걸려 있는 호랑가시나무 가지와
열매는 창문에서 새어 나오는 램프 불빛에
바지직 소리를 내고, 상점 불빛은 지나가는
사람들의 창백한 얼굴을 불그레하게
물들었다.

찰스 디킨스, 『크리스마스 캐럴』(이은정 옮김, 펭귄클래식코리아, 2008)

호랑가시나무의 영어명은 'holly'다. 영국 요크셔 지역에서 만든 웹사이트 '요크셔 역사 사전'에서 발견할 수 있는 홀링리브, 홀름퍼스, 홀링허스트, 브로드홀린, 그린홀린, 시크홀린 같은 지명들이 다 호랑가시나무를 가리키는 홀리에서 파생했다. 그곳에 가면 분명히 호랑가시나무를 많이 볼 수 있을 것이다.

1500년대에는 한겨울 짐승이나 가축의 사료로 중요한 역할을 했던 호랑가시나무를 거두자면 관의 허가가 필요했다. 먹이이자 에너지원이던 호랑가시나무가 언제부터 크리스마스 장식으로 쓰이기 시작했는지 몰라도, 겨울이면 급증하는 수요에 호랑가시나무 서식지 위치를 극비에 부친 경우가 많았다고 한다.

『고요한 밤 거룩한 밤』의 첫 소절에서 발음하게 되는 '홀리'. 신성하고 성스럽다는 뜻의 'holy'와 거룩한 식량이자 크리스마스를 밝히는 장식으로 쓰인 'holly'가 하나의 어원에서 파생된 것인지는 모르겠다. 다만 추운 겨울날 가난한 이들에게 음식과 온정을 베푸는 성스러운 풍경 가운데엔 언제나 상징처럼 호랑가시나무 장식이 있다.

크리스마스 시즌이면 요크셔 지역 어딘가 호랑가시나무가 끝없이 펼쳐진 그 숲으로 숨어들어 나무들을 흔들고 싶어진다. 새 로빈이 좋아했다는 붉은 열매들이 가난한 이들이나 아픈 이들, 슬픈 이들에게 가닿아 일 년에 한 번은 누구나 행복했으면 하고 어설픈 기도도 해 본다.

아마나 꽃 핀 아주까리 혹은 메밀밭을 그리고
싶은데, 아마 그런 기회는 나중에 노르망디나
브르타뉴 지방에서나 찾게 되겠지요.
뿐만 아니라 고향에서 흔히 보는 헛간이나
오두막의 이끼 낀 지붕도 이곳에선 볼 수
없어요. (……) 뉘넌에서 그렇게나 아름다웠던
자작나무도, 진짜 히드도 이곳에는 없습니다.

042

빈센트 반 고흐, 『고흐의 재발견』
(H. 안나 수 엮음, 이창실 옮김, 시소커뮤니케이션즈, 2011)

1889년 고흐는 프랑스 남부 지역인 아를에 머물며 어머니에게 편지를 썼다. 올리브나무 가득한 풍경에 살던 시절, 작품 속에는 그것들이 담겨 있지만 그리운 다른 것 또한 녹아 있다.

고흐가 그리워했던 것들의 목록을 보면 머릿속이 간지러워 진다. 고흐가 그때 저 목록들 곁에 살았다면, 지금 우리는 얼마나 아름다운 아마와 자작나무와 히드를 볼 수 있었을까. 아니, 어쩌면 곁에 없는 그리움으로 더 뜨겁게 다른 나무와 꽃을 그렸는지도 모르겠다.

동물의 무덤을 지나 붉은 흙더미를 지나 남도의 짙푸른 겨울 대나무숲을 지나 작은 비닐하우스 안으로 들어간다. 김제에 있는 작은 농가의 겨울, 비닐하우스 안에서 습기에 찬 흙내음 사이로 삼지닥나무, 남오미자, 팔각연, 삼지구엽초, 칼미아, 새우란 같은 여린 식물들의 젖은 목소리를 듣는다. 온실 바깥에서는 자엽안개, 회화나무, 철쭉과 동백, 애기사과나무, 산딸나무, 산초나무, 작약, 목단 그리고 추위를 많이 타는 온갖 초화들 족도리, 청초롱, 붉은초롱, 둥굴레 들의 뿌리가 마른 목소리로 나를 부른다. 나는 파이프와 비닐로 이루어진 겨울 문, 그 문지방을 넘고 넘는다. 그러면 북쪽 우리 집에서 남쪽 본가로 내려오는 길보다 남도의 시골집 뒤뜰과 앞마당 하우스 사이를 오가는 일이 더 먼 여행처럼 느껴지는 순간이 있다. 아마 식물들이 머금고 있다가 일제히 나를 향해 내뿜는 온실의 언어 때문일 것이다.

고흐가 아마나 메밀밭, 자작나무와 히드를 그리워하듯 나 또한 시골집 온실의 사랑받는 녀석들이 그리운 날들이 있다. 뭐더라, 이름을 잊었네, 하는 늙은 엄마의 꽃 한 송이 애지중지하는 주름진 손도.

꽃망울을 맺으려던 스노드롭은 일시정지
버튼을 누른 듯 한동안 그 상태에 머물렀지만
결국엔 봉오리를 열기 시작한다.

043

에마 미첼, 『야생의 위로』(신소희 옮김, 심심, 2020)

추운 겨울 한없이 가라앉음을 경험해 본 사람이라면 봄의 걸음걸이가 얼마나 얄궂고 변덕스러운지 공감할 것이다. 눈이 내리는 겨울 창에 실내 온기로 맺히는 수증기도 늘 그리운 것이기는 하지만, 겨울날 쉽게 활기를 잃는 이들에게 봄의 분위기는 맨발로 달려 나가 맞이하고 싶은 귀한 벗이다.

그 반가운 봄이 오는 듯하다가 갑자기 기온이 낮아지고 봄 식물들이 피어나는 것이 늦어지면 결국 봄의 신호를 찾아 나서게 된다고 에마 미첼은 말한다. 식물로 계절의 주기를 이해하는 이들이라면 쉽게 공감하지 않을까.

봄의 신호를 찾아 남도로 떠났다. 북쪽과 달리 포근한 날씨에 꽃들이 벌써 다 피어 버렸나 조바심이 날 지경이었다. 해안로 60-3번지 강 할머니는 여기서 삼십 년을 살았다고 했다. 빨간색 '다라이'에 식물을 키우는 할머니는 내가 보는 앞에서 지난 가을의 국화들을 정리했다. 참으로 늦은 정리다. 젓갈 팔며 꽃 보는 그 마음, 그런 마음을 만나면 속으로 울음이 올라온다. 병이다. 꽃 보려고 식물을 키운다는 할머니의 말끝에 이 꽃 보려고 벌처럼 나비처럼 날아드는 낯선 이들도 다 반갑다는 말줄임표가 있었다.

꽃망울을 맺으려던 동백들은 잠시 일시정지 상태를 거쳐 곧 일제히 봉우리를 터트릴 것이다. 칠십 대 노인에게도 사십 대 나에게도 봄의 신호가 온다. 일시정지 상태는 필요하다. 이런 휴지기가 없다면, 곧 필 거라고, 걱정 말라고, 좋은 것들은 어떻게든 온다고 서로를 다독이는 말들을 어디에서 할까.

봄이 시작되려고 한다. 설레는 마음, 간지러운 마음, 성급한 마음…… 다 동의어. 모든 것들이 완전히 시작되기 전의 피어나는 마음, 그 정지 상태는 어떻게든 결국 재생된다.

어쩌면 우리는 봄을 사랑하게끔
진화했는지도 모른다.

044

사샤 세이건, 『우리, 이토록 작은 존재들을 위하여』
(홍한별 옮김, 문학동네, 2021)

왜 신은 온 계절을 봄과 같은 찬란함으로 채우지 않고 무더위, 혹한, 가뭄, 홍수, 폭설 따위 온갖 요소들과 더불어 설계한 것일까. 소멸할 줄만 알았던 땅에서 비죽 솟아나는 생명의 기적을 보라고? 봄이 아닌 것들이 없다면 봄은 의미가 없으니까?

겨울 뒤 봄을 맞이하는 생의 의식에 집중해 본다. 신의 숙제를 풀려는 아이처럼. 많은 죽음과 번뇌를 뒤로 하고 그것과 맞바꾼 듯 미치도록 찬란한 봄을 맞게 하는 것은 생의 이면에 대한 환기이고 삶의 덧없음에 대한 은유다.

봄이 가까워져서일까. 오늘은 라일락 분재 주문이 꽤 있다. 야생화 주문은 관엽식물 주문보다 처리하기에 조금 번거롭다. 야생초에 대하여 해박한 손님들도 많지만, 어떤 이들은 미디어를 통해 접한 간단한 정보로 식물을 주문한다. 그런 이들은 라일락에 꽃은커녕 잎이 없어 당황할 수도 있고, 또 받자마자 그날부터 서서히 식물을 죽일 수도 있다. 그래서 시간이 허락한다면 한 번씩 통화를 한다. 지금은 잎이 없어요, 곧 돋을 거예요, 일조량이 많아지면 꽃이 피겠지요, 아파트 화단에 산에 들에 라일락꽃이 필 때 같이요. 물은……

이파리나 꽃이 없는 정도는 양반이다. 둥굴레나 비비추 같은 야생초는 한겨울 화분이 텅 빈 것처럼 보인다. 보이지 않는 것을 길러야 한다. 그 덩그런 흙 아래 뿌리가 살아서 찬란한 봄을 기다린다. 겨울 야생초와 사는 일은 빈 화분을 보며 수행하는 일이다. 너무 춥지 않게 너무 마르지 않게, 적당하게 돌보며.

죽은 듯한 시간을 떠나보내고 찬란한 햇살을 맞이하기까지……, 생은 버티기다. 어쩌면 우리는 겨울을 견디게끔 진화했는지 모른다.

풀과 나무 하나하나가 때에 맞춰 꽃을
피우거나 시기를 놓쳐 시드는 것이 오직
주인이 어떻게 기르느냐에 달려 있음을
알게 하고자 함이다.

045

유박, 『화암수록』
(정민·김영은·손균익·강진선·민선홍·최한영 옮김, 휴머니스트, 2019)

『화암수록』은 18세기 후반 황해도에 살던 처사 유박의 작품이다. 유박은 금곡면 서해 바닷가 백화암이라는 곳에서 화훼 수백 그루를 돌보며 낡은 집에 은거했다.

그는 「화개월령」이라는 글에서 시기별로 피는 꽃을 정월부터 십이월까지 구분하여 정리했는데, 그 이유가 신선했다. '사람의 일'이라는 것이다. 유박은 정월의 매화, 봄의 모란과 작약, 여름의 백일홍과 전추사, 가을의 취양비와 삼색학령, 겨울의 동백 등을 나열하며 사계절 내내 꽃을 보는 일은 주인 하기에 달려 있다고 말한다.

그는 자연 속에 은거한 듯 보이나, 실은 "큰 것은 땅에 심고, 작은 것은 화분에 담아 꽃밭을 일구었고, 철마다 피고 지는 꽃을 구비"하며 사람 공부를 하였다. 새로운 식물만 있다 하면 멀리까지 가 구해 오기를 마다하지 않았는데, 그런 노력이 깨달음을 얻어 가는 과정은 아니었을까. 자연의 흐름에 관여할 수는 없으나 자연의 풍경을 내 뜰로 들여 '나라는 식물'을 길러 가는 과정, 그런 수행이었을 것이다.

식물에 그러니까 지상에 도움이 되는 '사람의 일'을 배우는 것이 원예다. 지금 식탁에는 라넌큘러스와 아네모네, 유칼립투스 줄기가 화병에 담겨 있다. 그 화병 속 물의 20퍼센트가량은 설탕이다. 절화를 끓는 물에 담그거나 화병에 당을 첨가하는 일 따위는 필요하지 않은 지상의 뜰로 달려 나가려고 운동화를 신는다. 사계절 내내 피어 있는 마음의 정원을 만들려면 나라는 주인은 어떻게 식물을 읽어야 하는지 돋아나는 잎들에게 피어나는 꽃들에게 물어볼 작정이다.

젊은 친구
네가 텃밭에 안 오니까
텃밭이 네게로 가.
······
네가 추억을 낚고 싶을까 봐 필요한
재료를 준비했어.
나쁜 추억은 행복의 홍수 아래 가라앉게 해.

046

실뱅 쇼메, 영화 『마담프루스트의 비밀정원』(2014)

마담 프루스트는 아스파라거스 차를 조제하며 말한다. 아스파라거스는 기억을 씻어 오줌으로 내보내 준다고.

마담 프루스트의 테라스, 이 공중정원 철망에 걸린 식물들은 대지의 나무 같고 풀 같다. 그녀가 아파트 안 비밀 정원에서 물뿌리개로 비를 뿌리듯 물을 줄 때, 발 아래 땅이 있을 것만 같다. 그 생명의 물은 바닥으로 스미고 벽을 관통하고 흐르며 아파트 안 주민들에게 공기처럼 닿아 그녀의 자유로움과 날개를 전염시킨다. 땅으로 자유롭게 뻗는, 끝이 없는 미지의 뿌리처럼.

내 안에는 지난날 텃밭의 기억과 프루스트 부인처럼 속삭이는 대지의 목소리가 같이 산다. 그래서 나는 지칠 때면 이야기를 만들 듯 기억을 재구성하는 비기를 휘두른다(그것을 '새빨간 거짓말'이라고 부른다 해도 상관없다). 실제 기억과는 사뭇 달라도 어쩌면 용기 내어 다시 살게 하기 때문이다. 나쁜 것들은 아스파라거스 차 한 잔과 함께 오줌으로 내보내면 그만이다.

신발에 흙을 묻힌 채로 감추었던 기억을 들추어 보고 싶은 충동이 드는 밤이다. 물론 허브차 한 잔과 마들렌을 곁에 두어야지. 감히 아스파라거스 차에는 도전하지 못할 것 같다.

열 평 텃밭에서 아스파라거스를 가꾸어 본 적이 있다. 아스파라거스는 족히 삼 년을 기다려야 겨우 우리가 아는 일반적인 모양새로 거둘 수 있다. 삼 년은 묵은 것들을 가라앉히는 시간이다. 아스파라거스는 새순을 뜻하는 페르시아어 '아스파라그'as-parag에서 파생된 단어이다. 우리 마음의 새순을 틔우려면 묵은 것들을 가라앉히는 힘이 필요하다. "나쁜 추억은 행복의 홍수 아래 가라앉게" 하는 힘이.

아, 그 뜰이 비밀이라면 얼마나 더
근사할지 모르겠어?

프랜시스 호즈슨 버넷, 『비밀의 화원』(공경희 옮김, 시공사, 2002)

비밀은 비밀이기는 하지만 결코 비밀일 수 없다는 데에 진정한 묘미가 있다. 얼마나 많은 비밀을 '나누며' 살아왔나. 아니 한때, 얼마나 찬란한 비밀들을 '공유'하며 이편에서의 끈끈한 유대를 위하여 아슬아슬 저편과의 약속을 배반하기를 반복해 왔나. '폭로'와는 차원이 달랐던 유년의 밀담들. J가 H를 좋아한다지(이건 여전히 특급비밀), 너랑 나랑 같이 겨드랑이털 민 거 절대 말하면 안 돼, 태지 오빠 꿈을 날마다 꿔, 난 주윤발, 침대 밑에서 밤마다 밥상이 달그락거려, 나 술 마셔 본 거, 있잖아, 우리 엄마 아빠는….

그 명랑한 말풍선들이 피어나던 곳은 전주 중앙시장과 가까운 천변 골목길에 있던 아담한 어느 집 뜰. 우리는 몸을 잔뜩 웅크린 채 둘러앉아 꿩처럼 머리를 맞대고 비밀의 공간을 만들어 조잘거리고는 했다. 우리가 안간힘으로 짜내던 비밀들 가운데는 의미 없는 것도 지질한 것도 나쁜 것도 많았으나, 삐걱거리는 툇마루에 나란히 걸터앉아 무화과 하나씩 베어 물고 하늘을 올려다보면 결국 모든 게 좋아졌다.

이제는 원흥동에 있는 내 아지트 '소소'의 뒤편 멋진 뜰에서 노는데, 모이를 뿌려 놓으면 박새고 비둘기고 용감한 녀석들이 날아든다. 아무 때고 와인도 한잔할 수 있고, 봄이면 벚꽃놀이 가을이면 낙엽놀이를 의자에 앉아 실컷 할 수 있고, 그때보다 더 근사한 비밀들이 많고. 아, 그런데 무언가 허전하다. 비밀을 실어 나를 천진한 녀석들이 없구나.

이제 비밀은 단단하게 봉인된 듯 폭로될 가능성이 희박해진다. 비밀의 '진정한 가치'를 잃고 마는 이 어른다움은 너무 심심하여, 새들에게 말을 가르칠 작정이다. '비밀인데…'로 시작하는 화려한 십 대의 말을.

민들레는 민들레
여기서도 민들레 저기서도 민들레

048

김장성 글·오현경 그림, 『민들레는 민들레』(이야기꽃, 2014)

철로에는 민들레가 지천이었다.

그 애 이름은 평원이었고, 내 이름은 정원이었다. 친구라면 성까지 붙여 불러선 안 되었던 어린 나이, 꼭 그만한 나이. 우리는 평원과 정원이 이름의 전부라는 듯 그 시절을 살았다.

평원이와 정원이는 철로가 있는 들에서 노는 걸 좋아했다. 그 애들은 기차가 지나가는 시간을 알았는데, 못을 주워 철로에 놓은 뒤 기차가 힘껏 밟고 지나가기를 기다리고는 했다. 일찍이 불과 속도의 연금술로 노는 방법을 터득한 두 아이는 아름다운 꽃을 만들고 싶어 했다. 언젠가는 작은 쇳덩이가 민들레 모양이 되기를 바란 적도 있다. 하지만 끊임없이 실패했다. 들판을 가로지르는 재빠른 직선은 식물의 곡선을 만들지 못한다는 것을 아주 뒤늦게야 깨달았다. 그것들은 겨우 망치가 되고 또 겨우 칼이 되었다.

민들레는 지붕 위에서도 보도블록 사이에서도 곧게 피어난다. 하지만 내가 이 그림책을 좋아하는 이유는 시련을 이겨 내고 꼿꼿이 피어나는 민들레의 기질을 그렸기 때문만은 아니다. 나는 그저 어디서나 피어난다기보다 어디서나 쉽게 쓰러지거나 쉽게 사라지지 않는 생명력과 보헤미안적 기질을 사랑한다. 어디로든 날아가 다른 곳에 가볍게 뿌리를 내리는 방랑객의 기질을 사랑한다.

그 애와 뛰놀던 민들레 들판은 사라졌지만, 나는 들이 내게 준 방랑객의 기질로 봄을 배회하며 샛노랗게 핀 어느 민들레가 철로 옆 그 씨앗에서 시작되었을지 모른다고 상상해 본다.

나는 내 장미한테 책임이 있어……

049

앙투안 드 생텍쥐페리, 『어린왕자』(황현산 옮김, 열린책들, 2015)

어린왕자는 어린왕자의 장미를 책임지고, 나는 내 욕실의 무늬트리안을 책임진다.

샤워를 할 때면 몸에 닿은 더운 물이 찬 공기와 맞닿아 미지근해졌다가 다시 급격하게 식으며 식물들에게 닿는다. 박쥐란에게, 제주고사리삼에게, 무늬트리안에게 닿는 물의 온도를 나는 알지 못한다. 아마 영원히 알 수 없을 것이다. 그들이 별 탈 없이 사는 모습을 보며 물의 온도가 그다지 해롭지 않나 보다 추측할 뿐이다.

욕실에서 식물을 편히 기르게끔 만든 제품들이 많다. 창틀에 식물을 놓을 수 있는 걸이 선반도 있고, 타공과 접착제 없이 설치할 수 있는 선반도 있다. 그러니까 조금만 노력한다면 샤워물이 닿지 않는 곳으로 식물들을 옮겨 그들이 어정쩡한 온도로 부서지는 물을 맞지 않게 조치를 취할 수 있을 것이다. 하지만 나는 우리의 관계를 바꿀 생각이 없다. 우리는 하나의 욕실에서 같이 동시에 비를 맞는 사이다. 내가 내 식물을 책임지는 것은, 더 효율적으로 식물을 기르는 일에 있지 않다. 나는 세상에서 가장 친밀하게 내 식물들과 지낸다.

화장실에서 키우기 좋은 식물을 검색하면 순록이끼 스칸디아모스가 등장한다. 스칸디아모스를 키우는 방법으로 자주 등장하는 '이따금 분무해 주세요'는 믿을 말이 못 된다. 우리 손에 들어오는 가공된 스칸디아모스는 자생지인 스칸디나비아 반도에서와 달리 물 닿는 것을 아주 싫어한다. 물을 주면 가공 과정의 성분들이 날아가기 때문이다. 물 주기를 즐기는 식물러들이나 나처럼 무심하게 욕실을 식물과 공유하는 사람들에게는 부적합하다. 물이나 흙 따위는 신경 쓰지 말고 그냥 장식물처럼 두면 된다. 절대로 분무하지 말 것.

여섯 시와 일곱 시 사이에는 장미와
카네이션, 붓꽃, 라일락, 그 모든 꽃이
타오르듯 빛나는 순간이 있었다.
흰색, 보라색, 빨간색, 진한 오렌지색으로,
모든 꽃이 그 어스름한 들판에서 순수하고
부드럽게, 저절로 타오르는 것처럼 보인다.
그 사이로 날아들던, 헬리오트로프와
앵초 위를 이리저리 날던 희부연 나방들을
얼마나 좋아했던지!

버지니아 울프, 『댈러웨이 부인』(최애리 옮김, 열린책들, 2007)

일찍이 많은 이들이 인용한 바 있는, 『댈러웨이 부인』의 첫 문장 "꽃은 자기가 사 오겠노라고 댈러웨이 부인은 말했다."의 다음 장면이라고 해야 할까. 클라리사 댈러웨이 부인은 꽃집에 들어가 델피니움, 스위트피, 라일락 다발, 카네이션, 장미, 붓꽃 등을 보다가 과거로 거슬러 올라간다. 꽃집의 잘 정리된 꽃들은 "저녁에 모슬린 옷을 입은 소녀들이 스위트피며 장미를 꺾으러 나갔을 때, 화려한 여름날의 그 아청빛 하늘과 델피니움, 카네이션, 칼라 꽃과 함께 저물어 가던 때"로 댈러웨이 부인을 데려간다. "밖에 나가 접시꽃이며 달리아를—한 번도 함께 꽂아 본 적이 없는 온갖 종류의 꽃들을—꺾어" 오던 자유분방한 샐리와도 조우한다.

해 질 무렵의 젊은 날은 얼마나 열정적이고 뜨거운가. 거리와 들판의 야생 꽃들이 온갖 빛깔로 저녁노을과 함께 타오르고 나방들은 저마다 가장 멀리 날아가 본 세계를 전해 주겠다는 듯 유혹한다. 그런 풍경은 지금의 댈러웨이 부인과는 어쩐지 불협화음을 이루는데, "계단 위에서 손님들을 맞이하는 완벽한 안주인"이 된 댈러웨이 부인은 더 이상 꽃을 꺾지 않는 시절에 있기 때문이다.

항아리에 진열된 절화들이 들판의 꽃들처럼 다시 피어나 그녀의 감각을 깨운다 해도 그녀의 드레스는 패티코트 이상으로 나부끼지는 않을 것이다. 전쟁 후유증과 상실감으로 자살에 이른 셉티머스의 하루와 어떤 유혹이나 갈등에도 자신의 자리에서 지금 누리는 모든 것을 확고히 지키는 귀족 여성 댈러웨이 부인의 하루가 그날 저녁 파티 보이지 않는 모든 이야기로 귀결되는 순간, 나는 댈러웨이 부인에게서 이해라는 낱말을 조심스레 주워 본다.

그녀도 보았을 것이다. 나뭇잎 한 장 한 장을 예찬하며 살아낸 셉티머스의 종결된 삶이 의식적인 절화들 가운데 야생의 그림자로 피어나는 것을. 나는 그런 그녀를 사랑하고.   115

예전 가정집에서는 정원에서 볕이
가장 잘 드는 자리에 로즈메리를 심었다.
로즈메리는 무성하게 자라 가지마다
남보랏빛 꽃을 피웠다.
포장 봉지에 혼자 담긴 이 로즈메리 가지는
과거를 겨냥한 총알이었다.

데버라 리비, 『살림 비용』(이예원 옮김, 플레이타임, 2021)

데버라 리비는 이혼한 뒤 햇볕이 찬란히 내리쬐던 캘리포니아 저택을 뒤로하고 런던의 작은 집에 살기로 한다. 모든 것이 축소된 것만 같은 새집에서는 예전 집에 있던 큼직한 돌 화분이 마치 거대한 여객선처럼 보일 지경이지만 데버라는 작은 발코니에서 오히려 더한 완벽함을 느낀다. 선물 받은 딸기나무, 벌 다섯 마리, 밤바람, 펼쳐 두었지만 곧 닫히고 말 노트북, 테스코 익스프레스 매장에서 산 로즈메리 몇 줄기. 이 모든 것들은 비록 남루하지만 "남자들이 쓰고 여자들이 연기해 온 여성성"을 떨치고 자유를 주리라 그는 믿는다.

대형마트 향신료 코너에는 로즈메리뿐 아니라 타임, 오레가노, 딜, 바질, 민트 같은 허브류가 한곳에 모여 있다. 거기에서 우리는 로즈메리꽃도 딜꽃도 연보랏빛 페퍼민트꽃도 볼 수 없다. 하지만 걱정할 것 없다. 당장 식물을 들일 넓은 거실이나 발코니나 정원이 없으면 어떤가. "식물들의 소리를 온몸으로" 들을 수 있는 기억과 몸의 에너지를 간직하고 있다면, 부엌 찬장 속 독일 레벤스바움사의 건조 로즈메리 포장지 사진이나 헝가리 드로게리아 알레멘타리사의 건조 오레가노 유리병 뚜껑에 프린트된 일러스트만으로도 내 마음에 벌과 나비를 불러들일 수 있는 것을.

식물의 전부를 아는 일은 내밀한 충만함을 준다. 그 식물이 내게 없어도, 작은 로즈메리 가지 하나나 향신료 통 귀퉁이 작은 그림만으로도 자연과 쉽게 조우할 수 있다. 그러면 작은 집도 정원이 되고 공원이 되고 산이 된다. 식물로 충만해진다는 것은 그런 것. 언젠가 데버라 리비처럼 마트에서 구매한 식물 한 줄기를 나를 지키고 다듬는 무기로 쓰는 내공이 쌓일 날이 올까?

"제라늄이라고 해도 이름이 있는 게
좋잖아요. 한층 더 사람처럼 느껴지는데.
그냥 제라늄이라고만 부르면 제라늄이
서운해할지도 모르고요. 아줌마도 이름 없이
남들이 그냥 여자라고만 부르면 싫으실 거
아녜요. 됐어요, 이제 보니라고 부를래요."

052

루시 M. 몽고메리, 『빨간머리 앤』(김서령 옮김, 허밍버드, 2014)

이름 철자 끝에 반드시 e를 붙여 A-n-n-e라고 써야 하는 우아한 앤 셜리. 앤이 창가에 놓인 제라늄을 보고 이름이 뭐냐고 묻자, 마릴라 아주머니가 대답한다. 애플사이다제라늄이라고. 그러자 앤은 그런 이름 말고 아주머니가 특별하게 지어 준 이름이 없느냐고 묻는다. 초록 이파리들 사이로 흰 나비의 접은 날개 같은 수줍은 꽃이 사과 향을 뿜는 애플사이다제라늄을 그냥 제라늄이라고 부르는 건 있을 수 없는 일이라는 듯 흥분하는 앤.

나는 루시 M. 몽고메리가 『빨간머리 앤』을 집필하던 중 애플사이다제라늄이라는 이름을 알고 그 철자를 또박또박 써 내렸을 어느 한 순간을 상상하면 무척 흥분된다. 번역본마다 이 제라늄의 식물명이 달리 쓰여 있다는 것을 알면 그 또한 즐거워할 식물 애호가들이 있겠다. (칼 폰 린네는 흥분할지도! 허밍버드에서 2014년 출간한 책에는 '사과 향 제라늄'이라고, 2002년 동서문화사에서 펴낸 『그린게이블즈 빨강머리 앤』에는 '애플제라늄'이라고 되어 있다.)

이름은 인식의 결정체다. 바라보았다는 것이고, 생각했다는 것이다. 타인의 눈이 아닌 나 자신의 눈으로 세계관을 담아 자세히 보았을 때 이름 지을 수 있다. 그것도 통용되는 이름을 과감하게 밀어 두고 말이다.

앤이 애플사이다제라늄에게 붙여 준 '보니'라는 이름은 영미권에서는 예쁘고 사랑스럽다는 뜻이다. 막 도착한 초록지붕 집에서 떠나야 할지도 모르는 운명이라는 걸 알고서 집 주변 무엇에게도 정 주지 않겠다고 마음먹은 앤. 그럼에도 불구하고 작은 화분에 이름 지을 다정함이 일렁거려 종알종알 기억할 것들을 마음에 새기던 앤의 마음이 보드라워서 나는 몇 번이나 글자 사이로 뛰어 들어가 그 애를 안아 주고 싶었다.

"햇볕에 데워진 돌멩이들,
손으로 딴 꽃이나 자두는 느낌이 좋았지."

053

안나 피스케, 『나의 증조할머니』(양이 옮김, 우리나비, 2017)

"손으로 만져 보신 건 어떤 것들이 있나요?"라는 질문을 손자에게 받은 증조할머니의 대답이다.

할머니가 되었을 때 아이에게 이런 질문을 받는다면 나는 무어라고 대답할까. 페퍼민트 잎을 뜯다 보면 손끝이 온통 초록 박하향으로 물들었다고 말할까. 분홍 빛깔 아네모네 꽃잎의 실크 같은 감촉에 대해 말할까. 아니, 아니. 그게 다가 아냐. 끝이 없을 거다.

책장과 책장 사이 사십 년도 넘은 마른 잎사귀, 아가씨 티가 나는 큰아이의 보드라운 손등, 막내의 평평한 발바닥, 이라이트 종이 위 활자들의 질감, 깨진 크리스털 단면의 소스라치게 빛나던 차가움, 날마다 쓰고 또 쓰는 도자기 그릇들의 적당한 온도, 아이의 주먹에서 막 빠져나오는 간질간질한 강아지풀, 우리의 처음이자 마지막 개 '호두'의 따뜻한 배, 잘 익은 무화과의 물컹한 과육, 산에 오를 때마다 나로 인해 다칠까 늘 조심스럽던 나무들의 몸, 비 내린 뒤 손에 스치듯 매만진 티트리 여린 잎들, 자꾸 다가서게 되는 레몬버베나의 향기로운 잎사귀……. 시간이 흐르면 이 모든 말들을 단순하게, 가볍게 요약할 수 있을까? "햇볕에 데워진 돌멩이들, 손으로 딴 꽃이나 자두" 같은 말로.

할머니가 되면 만져 보았던 모든 것을 손등의 주름에 새긴 듯 생생하게 말해 보아야지. 곁에 있는 아이에게 현재진행형으로, 단순하게 말하리라 욕심내 본다.

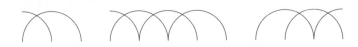

장미에 맺힌 빗방울 그리고 고양이의 수염

054

줄리 앤드류스 노래, 『My Favorite Things』(영화 『사운드 오브 뮤직』 ost)

「My Favorite Things」의 첫 소절이다. Raindrops on roses and whiskers on kittens.

여름날 분홍빛 장미 꽃송이 가장자리에 맺힌 빗방울을 보고 아름답다 여기지 않는 이가 있을까. 작은 아기고양이의 간지러운 수염을 보고 사랑스럽다 여기지 않는 이가 있을까. 노래 「My Favorite Things」에는 들으면 누구나 향수에 젖을 만한 몇몇 구절이 있다. '울로 만든 따뜻한 벙어리장갑', '코와 속눈썹에 붙은 눈꽃송이들'. 그 아름다운 구절들은 시각적 이미지를 재현해 내고 옆구리와 발바닥을 간지럽히며 나를 쉽게 열 살 시절로 데려다 놓는다. 햇살 아래 빛나는 풀과 꽃잎에 맺힌 이슬방울. 아슬아슬하고 조마조마해서 보다가 황급히 고개를 돌리고는 했던 터질 듯한 반짝임. 물방울, 잔디, 맨발….

등하굣길이 꽤 길었던 어린이들은 집과 학교를 오가는 사이 놀거리들을 창조했다. 집에서 멀지 않은 다른 아파트 단지 잔디밭이 비가 부슬부슬 내리는 날이면 최고의 놀이터가 되었다. 150센티미터 미만의 어린이들이 몸을 구르기에 최적의 경사도와 마찰력을 자랑하던 잔디 미끄럼틀에서 우리는 구르고 또 굴렀다. '잔디 위에서 맨발로' 뛰어놀 생각을 하며 통통 튀듯 달리던 하굣길은 얼마나 신이 났는지. 오월에는 아파트 화단을 향해 까르르까르르 뛸 때면 장미에 맺힌 빗방울이 천진한 아이들 눈빛처럼 반짝였을 것이다.

에드 시런의 곡 「perfect」는 마치 그날의 나와 벗들을 그린 것만 같다. "잔디 위에서 맨발로, 우리가 가장 좋아하는 노래를 들으며." 그 눈부신 아름다움을 소환하는 한 송이와 한 소절에게 언제나 경의를 표한다.

나는 두 아이에게 뉴잉글랜드페퍼민트에
돋은 어린잎 향기 맡기, 캥거루가
다가오면 나무껍질이 대롱대롱 매달린
뉴잉글랜드스트링바크 뒤로 숨기,
유칼립투스 수관에서 나뭇잎을 먹는 코알라
찾기, 우리 집 정원 느릅나무에 둥지를 짓고
암컷의 환심을 사기 위해 파란색 열매를
주워다 놓는 바우어새 관찰하기 등을
가르쳐주었다.

마거릿 D. 로우먼, 『우리가 초록을 내일이라 부를 때』
(김주희 옮김, 흐름출판, 2022)

나는 아이에게 자연을 가르칠 줄 아는 대단한 엄마가 못 된다. 대신 아이가 나를 가르친다.

집에서 학교로 가는 1킬로미터. 내내 나는 땅을 내려다보아야 하고 하늘을 올려다보아야 하고 평소 차로 쌩 지나가 잘 듣지 못하는 새소리에 귀 기울여야 한다. 그러지 않으면 아이가 앞으로 나가는 일을 멈추기 때문에. 걷다가 아이는 개미가 먹이를 옮긴다고 즐거워하고, 고양이가 자길 본다고 깔깔거리고, 라일락 향기를 맡아 보라고 손을 잡고 끌고(유치원 선생님이 가장 좋아하는 꽃이라고 아이가 설명해 주었다), 직박구리와 박새 들이 노래한다며 그에 화답하듯 소리를 지른다. 전깃줄에서 나뭇가지 위로 다시 지붕 위로 날아다니는 참새를 쫓아 아이는 앞으로 가던 길을 다시 돌아가고 또 빙 돌아간다.

동네 아이들은 진달래 화전 한 번쯤 만들어 먹어 본 경험이 있는지라, 봄날 진달래 철에서 철쭉 철로 옮겨 갈 때면 늘 주의를 기울여야 한다. 운동장에 모여 놀다가 철쭉을 잔뜩 뜯어 수돗가에서 살살 씻더니 입으로 쏙 넣던 작은아이와 그 무리를 보았을 때 얼마나 놀랐는지! 나는 달려가서 진달래와 철쭉의 다른 점을 알려 주었다.

아이가 온몸으로 뛰노는 나무, 새, 꽃, 바람 덕에 나는 잠시 쉰다. 1킬로미터는 2킬로미터나 3킬로미터가 되기 일쑤지만, 이것이 오로지 시간에 구애받지 않을 수 있는 순간이다. 순전히 아이 때문에.

나는 적어도 수십 마일 이상 날아가
고요히 내려앉는 법을 알고 있다

056

나희덕, 「결정적 순간」 『야생 사과』(창비, 2009)

나는 살면서 몇 가지를 터득했다. 이를테면 이른 새벽 집중하는 법, 백반집에서 주는 것처럼 윤기가 흐르고 찰진 밥을 짓는 법, 밀폐된 유리 공간의 테라리엄을 잘 유지하는 법, 베고니아 개체수를 늘리는 법, 아이가 나보다 먼저 잠들게 하는 법 등을 알고 있다. 하지만 식물은 다른 것을 안다. "수십 마일 이상 날아가 고요히 내려앉는 법"이라니. 그런 능력이라면 동물인 우리는 애초부터 글렀다.

사는 일이 무언가 특별한 방법을 터득하고 쟁취하고 교환하는 등의 전투적인 일뿐이라면 나는 벌써 나가떨어졌을 것이다. 더는 못하겠다고. 욕심낼 필요 없는 것들에 애정을 두며 내가 절대로 할 수 없는 것들을 관조하며 사는 삶이니 얼마나 다행인지.

호기롭게 문학을 전공 삼고서 주머니에 여유가 좀 있다 싶으면 달려간 곳이 교내 '맑은 책집'이었다. 주로 공강 시간에 들러 신간의 맛을 보고는 했던 그 작은 책방에서 만난 시인이 나희덕 시인이다. 『그곳이 멀지 않다』를 문 잠긴 기숙사에서 닳고 닳도록 보던 시절, 나는 철창 안으로 들이치던 햇살과 철창 밖 잔디로 쏟아지던 달빛을 보며 얼마나 다른 곳으로 날고 싶었는지. "새떼 대신 메아리만 쩡 쩡" 울리던 그 차갑고 단단한 얼음 호수를 던져버리고 얼마나 하늘 위로 솟구치고 싶었는지.

시인의 말처럼 "이파리의 일생이 어떻게 완성되는가는 낙법에 달려" 있고, 이제는 날아오를 욕심 없이 가만가만 떨어진 이파리들 위를 사뿐사뿐 걷는 시간. 거창한 낙법은 됐고, 사그락사그락 마른 이파리들의 소리에 귀 기울이며 가볍게 10킬로미터쯤 단번에 이동하는 기술은 익히며 살아야지 하고 머쓱하게 웃어 보는 이 가을밤.

대동강 물이 풀린다는 우수가 지났건만
우리 집 창문으로 바라보이는 풍경에는
아직 아무런 변화도 없다. 제일 먼저
꽃망울을 터뜨리는 산수유도 목련도 아직
겨울나무 그대로처럼 보인다. 그러나
그 가지 끝에 머문 햇볕이 얼마나 짓궂게
꼼지락대며 나무의 깊은 잠을 흔들고
있는지는 육안으로도 고스란히 보인다.
아마 지금 깨어나고 싶은 건 나무가 아니라
나 자신인지도 모르겠다.

박완서, 「우리의 저력」『노란집』(열림원, 2013)

깨어나고 싶은 마음을 비유할 때 우수 지난 겨울 끝 봄 초입처럼 좋은 계절이 있을까. 얼었다 풀리며 폭신해지는 흙, 막 피어나려 맺힌 꽃망울, 땅 위로 비집고 돋아나는 여린 싹.

나는 힘내라는 말을 들어도 힘이 불끈 솟지 않는 타입의 인간이다. 그런 말을 들으면 겨우 가지고 있던 힘도 바닥나 버리고 마는지라 누군가에게 힘내라고 말하고 싶을 때는 아주 조심스럽게 단어를 고른다. 왜 힘을 내야 하지, 이렇게 힘내라고 말하면 진짜 힘이 날까, 힘내라는 말보다는 좀 쉬라는 말이 낫지 않을까 하며 말을 고르고 또 고른다.

하지만 단조롭기 짝이 없는 쑥 한 포기조차도 도시 곳곳에서 이슬을 머금은 채 에메랄드처럼 빛나는 계절에 닿으면 나 역시 힘을 내려는 듯 온몸의 근육들이 간지러워지기 시작한다. 그때 눈에 비치는 모든 것들은 봄이고 빛이고 시작이다.

묵은 겨울옷을 정리하고 이불을 빨아 햇살에 널고 먼지를 터는 대청소처럼 지금까지 나를 지배해 온 모든 관성과 타성을 한번에 내보낼 수 있다면 좋겠지만, 불가능하겠지. 그건 누구든 마찬가지일 것이다.

우리가 서로에게 해 줄 수 있는 우정 어린 태도는 산수유도 목련도 피기 전에 봄을 맞으려고 하는 '서두르는 마음'을 인정하고 다독여 주는 것뿐이다. 무엇도 잘 따라가지 못하는 '늦된 마음'까지도 아껴 주는 것뿐이다.

잠들어 있는 것만 같은 수많은 나날들, 쓸모없어 보이는 하루하루. 이따금 깨어나고 싶은 마음이 간지럽게 일면 우리는 같이 곁에서 꼼지락대자. 분투하지 않고 가만히 가만히. 겨울 보낸 봄처럼, 걸음마 뗀 아이처럼.

로저벨은 옥스퍼드 서커스의 길모퉁이에서
제비꽃을 한 다발 샀다. 꽃에 돈을 쓰는
바람에 끼니를 제대로 챙겨 먹지 못했다.

캐서린 맨스필드, 「피곤한 로저벨」『프렐류드』
(구원 옮김, 코호북스, 2022)

꽃을 사면 한 끼를 걸러야 할 정도로 가난한데도 퇴근길에 꽃을 사 들고 집으로 들어가는 로저벨. 로저벨에게 제비꽃 한 다발은 지금 저지를 수 있는 최고의 사치다. 그리고 그 사치는 신분 바꾸기 상상에 이른다.

낮에 로저벨이 일하는 모자 가게에 부유한 연인이 들어온다. 로저벨은 여자가 나간 사이 잠시 자신에게 말을 걸었던 매력적인 남자 해리엇과 사랑에 빠지는 상상을 한다. 상상 속 해리엇이 로저벨에게 파르마 꽃다발을 안기며 말한다. "당신은 항상 이런 모습이어야 해." 파르마 제비꽃은 화려하게 겹으로 피어나며 향 또한 풍성하고 매혹적인 우아한 꽃이다.

상상 속에서 해리엇이 맡은 그 역할, 로저벨을 아낄 뿐 아니라 '넌 가장 가치 있는 꽃, 그 꽃 한 아름과 함께 있어야 한다'라는 메시지를 던져 줄 그런 남자는 영영 나타나지 않을지도 모른다. 그럼에도 로저벨이 해야 할 일은 지금의 가난과 절망에 굴하지 않고, 꽃을 계속 사는 일.

로저벨처럼 가난했던 스물다섯의 내가 떠올랐다. 편의점에서 삼각김밥으로 점심을 때우며 시집을 사 들이던, 인생에서 지독하게 시 몇 편만을 편애했던 날들. 로저벨의 제비꽃 한 다발이 "얇디얇은 유리창 한 장" 너머 아름다운 바깥으로 가난을 몰아내고 작은 방을 부유한 상상으로 채웠듯, 나 역시 그러했다. 연신내 언덕 작은 방 한 칸이 빛나는 시어들과 날카로운 시행으로 채워지면, 그럭저럭 괜찮았다.

누구든 당장 필요하지 않은 무엇에 공을 들이기를. 꽃이든 향수든 시든, 그것들로 세상과 당신 사이엔 겨우 얇은 유리창뿐이라고, 가질 수 없는 것은 없다고 용감하게 사랑을 말하기를.

여름이면 푸른 그늘로, 낙엽 지는 가을이면
연인들의 쉼터로, 해를 지나서는 책갈피
사이에 끼워진 추억으로 늘 우리와 함께 있는
나무가 바로 은행나무다.

059

우종영, 『나는 나무처럼 살고 싶다』(랜덤하우스중앙, 2001)

식물의 실용적인 쓰임새에 대해서는 그다지 관심이 없는 편이다. 어느 식물은 기관지에 좋네, 어떤 나무는 숙취 해소에 좋네, 어떤 풀은 모기를 쫓네 하는 식의 내용을 접하면 뇌가 잠시 머뭇거리다 회로의 방향을 틀어 버리는 느낌을 받고는 한다. 은행 열매의 카로틴 성분이 주는 기침 완화 효과나 은행잎 징코라이드 성분의 혈액 순환 촉진 효과를 빼고서 은행나무의 쓸모를 말하는 우종영 선생님의 글을 보며 생각했다. 세상에 나무만큼 그 자체로 우아한 쓸모를 지닌 존재가 또 있을까.

가을이면 교복을 입은 채 은행나무 아래를 폴짝폴짝 뛰어다녔다. 떨어지는 낙엽이 어깨에 내려앉으면 사랑이 이루어진다고 해서 얼마나 열심이었는지. 바스락거리는 낙엽 사이로 시어들이 튀어 올랐던 날에는 성긴 그물로 건져 낸 몇 개의 낱말들을 일기장에 겨우 담았다. 어떻게든 의미를 가져다 붙였던 나뭇잎 몇 장과 함께. 책장의 오래된 책을 들추다 보면 이따금 그 시절의 나뭇잎들을 발견한다. 그러니 추억을 소환하는 효과는 일단 확실하다.

어머니께 야단맞고 몰래 느티나무 구멍으로 숨어들면 마치 "나무 위 오두막집에 숨어드는 톰 소여가 된 것" 같았다는 우종영 선생님께 아파트 화단 사철나무 아래가 나의 작은 소굴이었던 1987년 어떤 밤을 이야기하고 싶다. 그 사철나무 아래 작은 공간이 나에게 나무가 처음 베푼 소용이었다.

정원, 나무의 영혼을 느껴 본 적 있어?

o6o

M의 말

부모에게 받은 것 말고, 우리의 유전자를 구성하는 자연의 요소가 하나씩 있다고 가정해 보자. 그렇다면 K는 바닷물 한 바가지, H는 잘 마른 나무껍질 한 움큼, M은 봄바람이 부는 날의 잔디 이파리 하나였을 것이다. 같이 맥주를 마시던 M이 물었다.

"정원, 나무의 영혼을 느껴 본 적 있어?"

나는 그 질문이 부럽다는 생각을 오 초쯤 했던 것 같다. 그리고, "아니".

M이 이어서 말했다.

"난 느껴 본 적 있어. 나무가 나를 온몸으로 안아 주는 거야."

나무의 온몸이라니. 땅 밑으로 키만큼 뻗어 있는 뿌리와 백 년쯤 된 굵은 몸통과 우리가 함께 아는 이야기들을 나눈 십 년도 채 되지 않은 어린 나뭇가지들과 이제 막 돋은 새잎을 한 몸에 지닌 그 나무? 세상에!

나무들은 살아 있고, 지구에 없어서는 안 될 존재이며, 하나하나가 영혼을 가지고 우리와 대화하기를 원한다고 믿고 있지만, 애석하게도 나는 나무의 언어를 한 글자도 수집하지 못했다. 나는 식물의 아름다움에 눈이 멀어 소리를 듣지 못한다. 나무에게서 하나의 단어라도, 아니 하나의 글자만이라도 들을 수 있다면! (제발 내 사랑이 부족해서라고 말하지 말기를.)

영화 『플라워 쇼』에서 주인공 메리는 아일랜드 태생으로 어린 시절 산사나무 곁을 돌며 느꼈던 야생의 경이로움을 재현하며 첼시 플라워 쇼의 우승컵을 거머쥔다. 메리가 말한다. "상상해 보자. 당신이 세상을 바꿀 수 있다고. 조금이라도 말이다. 난 꽃씨로 세상을 바꾸었다." 누구에게나 '메리의 꽃씨'가 있다고 믿는다. 언젠가 노래가 되고 춤이 되고 곤한 잠이 되고 질문과 문장이 될 꽃씨를 찾아 주머니를 뒤적거려 본다.

"얼마나 많은 밤나무 잎들이 바람에 날려
배수로로 날아들어 갔을까!"

061

페터 한트케, 「진정한 느낌의 시간」 『진정한 느낌의 시간 /
우리가 서로 알지 못했던 시간』(김원익 옮김, 이상북스, 2020)

파이프에 맞아 죽을 뻔한 적이 있다. 내 발치에 막 떨어진 그 공사장 아스팔트에 내동댕이쳐진 파이프의 길이와 두께 그리고 서슬로 보았을 때, '죽을 뻔한'이라는 표현이 딱 적합했다. 그 순간 소름이 돋았던 것은, 우연한 사고의 기운이 아니라 그 길에 들어서기 오래전부터 나를 지배하던 두려움의 그림자였다. 나는 늘 상상했다. 내 머리 위로 떨어지는 금속성의 무기를, 보이지 않는 총알을, 터무니없는 낙상을, 헤어짐을, 패배를, 아픔을, 끝을……

"삶이나 죽음에 대한 불안으로 인해 그 안에서 뭔가 털끝만큼이라도 의미를 찾아보려고 한, 저 아래 제멋대로 흩어져 있는 전단들" 같은 일상의 분위기는 냉소를 가장한 두려움으로 가득 차 있다. 주인공 코위쉬니히는 밤나무 잎들이 배수로 속으로 빨려 들어가 도시의 하수구 같은 자신의 혈관을 콱 막히게 할까 봐 걱정이다. 낙엽이 쌓이면 배수구를 막고 범람을 초래할 수 있는 위험성이 있지만, 여기서 그 이야기는 관두기로 하자. 지금 우리가 나누는 이야기는 바람에 실려 온 잎사귀 하나가 행인의 코를 막아 질식해 죽게 할 수도 있다 여기는 두려움이라는 녀석에 관한 것이다.

마치 죽음을 준비하듯 살던 코위쉬니히는 이제 "자동차에 치여 깔리지 않도록 조심스럽게 모든 차를 피했"는데, 그 문장은 사랑하는 사람 때문에 '빗방울까지도 두려워하면서' 살아 내야겠다 한 베르톨트 브레히트의 선언처럼 들린다.

"하늘엔 구름이 흘러갔고, 나뭇가지들은 이리저리 흩어졌다 모였으며, 나뭇잎들은 광장 위 여기저기 모여 무더기를 이루고 있다가 미끄러져" 가는 아무 일 없는 날처럼, 그렇게 미끄러지듯 지낼 것이다. '생략'하거나 '소홀히' 하며 '다른 사람들 속으로' 거침없이 달려 들어가 '보폭'을 바꾸어 '발맞추어' 걷는 우리를 상상해 본다.

137

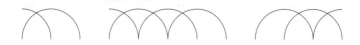

나는 숲이 되는 중이야.

062

리사 랑세트, 드라마 『러브 앤 아나키』(2022)

드라마 『러브 앤 아나키』에서 소피가 막스에게 "나는 숲이 되는 중이야."라고 말할 때, 막스는 작은 정원을 가꾸며 "신의 놀이를 하는 것 같아."라고 말한다. 지금 이 순간의 사랑을 함께 겪는 두 사람. 나이가 더 많고 몇몇 남자와 사랑을 했고 지쳤고 마음이 돌아서 본 적이 있는 여자는 씨앗에서 작은 싹에서 풀에서 나무에서 숲이 되려는 자신을 헤아린다. 그 여자를 사랑하는 어린 남자는 지금 눈앞의 완숙한 여인이 주는 감흥에 손바닥만 한 정원도 신의 놀이터가 되는 기적적인 순간들을 SNS에 업로드한다.

직장 상사 소피는 이제 갓 입사한 계약직 직원 막스가 제안한 작은 쪽지 위 까만 몇 개의 단어를 지상 과제로 여기며 수행한다. 뒤로 걷고, 계속 화 내는 연기를 하고, 거침없이 십 대 코스프레를 한다. 나무가 되고 숲이 되기 위하여.

가드닝은 신의 놀이에 비유된다. 싹을 틔우고 꽃을 피우고 흙을 거름지게 하는 모든 과정이 신의 놀이다. 막스는 인간을 빚듯 흙을 매만지며 소피를 빚고 피워 낸다. 소피가 막스를 피워 냈다 해도 상관없다. 중요한 것은 사랑하는 이에 대한 순수한 믿음과 어떠한 시련에도 굴하지 않고 사랑의 임무를 이행하는 차원 높은 성실함이다.

연극 『내게 빛나는 모든 것』에서 배우가 거친 숨을 몰아쉬며 말하던 "721번, 나무에 올라가기엔 너무 늦지 않았나 걱정하지 않기!" 그 대사가 떠올랐다. 꽃 한 송이를 꺾기엔 보는 시선이 너무 많은가 눈치 보지 않기. 봄날 진달래꽃을 뜯어 혀끝에 대 보기. 연한 초록의 잎사귀로 머리를 장식하기. 그렇게 푸르러지기.

꽃잎이라도 두꺼웠다면, 단단하기라도
했으면…… 땅에 떨어질 때 메마른 소리를
내며 박살이라도 났으면……. 그는 그 꽃이
주아나처럼, 거짓말을 할 때의 주아나처럼
커져가는 매력으로 자신을 침범해 오는 걸
느끼며 무력한 분노에 사로잡혔다:
그는 장미를 으스러뜨리고, 씹고, 파괴했다.

063

클라리시 리스펙토르, 『야생의 심장 가까이』(민승남 옮김, 을유문화사, 2022)

거짓말하는 주아나는 단어를 만들고, 스스로를 장미라 칭하면서 (아니 어떤 꽃으로도 형용할 수 없을지도, 아직 이름 지어지지 않은 꽃일지도!) 수선화를 노래하고, "척박한 리듬으로" 숨을 쉬고, 남의 것을 훔치고, "아직 가능하지 않은 땅으로 풍덩 뛰어들었다가 솟아오"르고 이야기를 지으며 존재하지 않는 것을 생각으로 탄생시킨다. 주아나의 이야기들은 너무나 허무맹랑하고 자신감 넘쳐 그것이 어디에서 훔친 것인지 죄인지 탄생인지 경계가 모호하여 이런 질문이 또 생겨나게 한다. "언어의 형태" 없이 주아나는 무엇으로 존재하는 거지?

주아나는 "그 누구도 들어본 적 없는, 갓 만들어져서 아직 보드라운, 연약한 새싹들" 같은 말을 지어낸다. 이를테면 "랄랑드"Lalande 같은. 작은 수선화의 한 종류이기도 하며 밤바다이기도 하다는, 사전에 등재되어 있지 않은 랄랑드.

거부할 수 없는 매력으로 대상에게 강렬한 삶의 동기를 부여하는 힘을 가진 식물로 장미를 드는 데 이의를 다는 이가 있을까. 꽃은 으스러뜨린다고 지는 것이 아니다. 꺾고 뜯으면 다른 자리에서 더 만발하며 흐드러진다. 그것이 꽃이다. 주아나와 사는 남자 오타비우가 장미를 짓밟는 것은 미친 듯 자기 마음에 흐드러지는 주아나를 견딜 수 없을 만큼 약해서이다.

국경도 대지도 없고, "무덤 위에 핀 꽃처럼" 육체 없이 생각을 피워 내고, 그 순간부터 피워 낸 생각으로 어린아이처럼 갓 살기 시작하고, "무시무시한 행복"을 불러일으키며, 동시에 빈 캔에 옮긴 야생초처럼 어느 날엔 또 푹 쓰러지며 "미래에 하게 될 생각처럼 소유할 수 없는", 늘 나뭇가지 사이로 휘이 스쳐 지나가 버리는 여자 주아나. 오월이다. 그녀에게 오늘 지어낸 장미 이야기는 없는지 속으로 물어본다.

나무와 숲은 (……) 불안이자 동시에
은신처가 되며, 아직 알려지지 않은 이야기의
시작이자 다른 세계로 가는 포털이다.

064

라라 코브던의 말

나무 아래서 가장 편안함을 느낀다는 작가 라라 코브던의 말이다. 라라 코브던은 나무파 혹은 수목파로 해석할 수 있는 예술가들의 모임 'The Arborealists'의 일원이다.

나무가 불안이자 안정이고, 시작되지 않은 모든 이야기로 들어가는 입구라면, 그것은 한 권의 책과 커피와 명상을 넘어서는 중요한 가치를 지녔다는 뜻이다. 비비안 마이어가 티켓을 끊고 이 세상에 관람하러 들어온 것 같다고 했던 것처럼 나는 나무와 숲으로 이루어진 문을 열고 세계의 이야기를 들을 준비 모드 태세의 관람객이다.

라라 코브던의 작품 『문과 창문, 그리고 마법의 사다리』 속 분홍빛 벽에 세워진, 묵은 가지들과 오묘하게 섞여 끝을 알 수 없는 그 사다리. 나는 그것을 타고 올라, 가져 본 적 없는 나무 위 집에 머문다. 공상 속 나무집 문이 열리면, 그 세계 속에는 사랑해 마지않는 온실이며 오래된 벽을 장식하는 야생 식물이며 호수 위 물감으로 잘못 찍어 놓은 듯 윤슬과 함께 빛나는 나뭇잎이며…… 그 모든 것들이 존재하는 가운데 나에게 말한다. 잠시 가만히 있으라고. 그러면 내가 숨죽이며 듣는다, 이파리들이 속삭이는 모든 이야기를. 가만, 가만히.

물 한 방울 없고
씨앗 한 톨 살아남을 수 없는
저것은 절망의 벽이라고 말할 때
담쟁이는 서두르지 않고 앞으로 나간다
한 뼘이라도 꼭 여럿이 함께 손을 잡고 올라간다
푸르게 절망을 잡고 놓지 않는다

도종환, 「담쟁이」 『담쟁이』 (시인생각, 2012)

시월이면 도시 곳곳에서 푸른 담들이 발길을 붙잡는다. 원효대교에서 서강대교로 향하는 강변북로 갓길에, 이화여대부속고등학교와 이화여자대학교 사이 담벼락에, 종로 원서동에서 가회동으로 이어지는 창덕궁길 담장에 그리고 이름 붙여 부르기 어려운 많은 담에 담쟁이들이 열정적으로 위를 향해 오르고 있다.

벽에 붙어 수직으로 오르는 모습도 신비롭지만, 가히 백미라 할 수 있는 것은 무수한 잎들이 연대하여 다 같이 살아 내는 모습이다. 담쟁이에는 덩굴손이 있다. 이것은 잎과 마주나면서 갈라지며 변형되어 흡착근이 된다. 이 흡착근의 힘이 강하여 벽에 붙은 줄기를 손으로 떼어내려고 해도 잘 떨어지지 않는다.

한제이 감독의 영화 『담쟁이』에는 도종환 시인의 시 「담쟁이」가 등장한다. 연인인 은수와 예원은 동성애자를 가족으로 인정해 주지 않는 사회제도 때문에 고아가 된 은수의 조카 수민을 함께 키우고 싶어도 키우지 못한다. 사랑이 넘치고 서로를 아끼고 믿으며 의지해도 벽처럼 가로막힌 사회제도와 시선은 그들을 가족으로 인정하지 않는다. 교통사고로 재활치료를 받아야만 하는 상황에다 계약직 교사로 일하던 학교에서도 쫓겨난 은수는 수민을 보육원에 보내고 예원에게 헤어지자는 편지를 남긴 채 떠난다.

수민의 생일날. 수민은 바닷가에서 은수, 예원과 함께 찍은 사진을 품에 안고 기다리다 혼자서 후, 촛불을 끈다. 나는 수민의 얼굴 위로 피어오르는 연기를 보며 기도했다. 꼭 씩씩하게 기다렸다가 셋이 손잡고 사회 통념과 부조리의 벽을 넘어 사랑하며 살라고. 너희들은 결국 그 높은 벽을 푸르게 바꾸고야 말 거라고.

술집 식물군으로는 입구에 나란히 세워둔
두 그루의 협죽도와 창가에 서식하는
엽란이 대표적이다. 일명 '점심 특선' 메뉴가
있는 술집 창가에는 시네라리아가 추가로
서식한다. 그리고 레스토랑에는 드라세나,
필로덴드론, 큰잎 베고니아, 얼룩무늬
콜레우스, 란타나, 피쿠스, 그 외에 사회부
기자들이 상투적으로 쓰는 "귀빈석은
초록이 무성한 열대 식물들 사이에 잠겨
있었다"라는 문장에서 연상될 법한
식물들이 있다.

066

카렐 차페크, 『정원가의 열두 달』(배경린 옮김, 펜연필독약, 2019)

1900년대 초 체코의 술집 주인장들은 주로 협죽도와 엽란을 두었나 보다. 2000년대 초반 대한민국 서울의 쇼핑몰에 디펜바키아 트리피스나 콤팩타가, 같은 시기 도심 아파트 단지의 부동산마다 해피트리와 금전수와 크로톤이 서식했던 것처럼. 지난 삼월 일산 밤가시마을의 어느 술집에는 매화 가지가 화병 속 물에 의지해 꽃망울을 터뜨리고 있었는데, 그걸 보니 작년 봄밤 초밥집에서 만난 매화 가지가 떠올랐다. 어제 간 극장 로비에는 아레카야자와 여인초가 에어컨 냉기를 견디고 있었다.

식물군은 특정 지역에 분포하며 생육하는 모든 식물을 일컫는다. 한반도 식물군, 아열대 식물군, 체르노빌 식물군 이런 식으로 활용되는데, 주로 얼마나 많은 종류의 식물이 다양하게 있는지에 따라 높은 가치를 둔다.

내 집에는 '버려진 식물군'과 '팔리지 않은 식물군'이 산다. 다른 어여쁜 이름을 찾을 생각은 없다. 나와 그 식물들의 관계를 규정하는 가장 꾸밈없고 선명한 말이므로. 팔리지 않은 필로덴드론 플로리다 뷰티 핑크, 잎이 무성하지 않다고 기나긴 왕복 택배 여정을 견디며 다시 돌아온 립살리스 슈도, 저마다 자신을 뽐내는 것들의 세계에서 눈에 잘 띄지 않는 퀸올림푸스 베고니아, 너무 싼 가격에 유통되는 칼라데아 진저, 화분에 금이 가 나와 운명 공동체가 되고 만 키 2미터 여인초, 인기투표 따위는 절대 하면 안 될 콜레우스 모탈컴뱃(어디까지나 내가 운영하는 상점에만 해당하니 초보 식물러들은 식물 선택에 절대 참고하지 말 것).

체코의 국민작가이자 혁명가였던 카렐 차페크는 '로봇'의 창시자답게 '위대한 사회주의 식물군'이나 '진보당 식물군'도 나올지 모른다고 했다. 당신의 주변은 어떤 식물군이 채우고 있는가. 부디 이름 지어 보기를.

할머니는 유난히 화초를 잘 키우신다.

한창훈, 『한창훈의 향연』(중앙북스, 2009)

죽어가는 식물도 다 살리는 한창훈 작가의 외할머니는 선물 받은 귤나무가 탱자 같은 열매 하나 맺지 않아 속이 상했다고 한다. 그래서 한 일이, 귤나무에 다른 귤 두 개를 실로 매단 거란다. 그리고 동화의 결말처럼 이듬해 귤이 주렁주렁 맺혔다.

한창훈 작가는 내 은사님이다. 학창 시절 소설 합평 시간에 어린 학생들의 작품을 바라보던 진심 어린 한창훈 소설가의 눈빛을 떠올리면, 그의 말은 조사 하나도 허투루 넘길 수가 없다. 그러니 식물이 사람의 말을 들을 뿐 아니라 사람의 행동을 보고 자신의 행동을 결정한다는, 어쩌면 무시무시한 이 이야기는 사실이겠지. 그러니까 식물은 사람이 하는 짓을 보고 동거 여부를 결정한다. 우리가 결정하는 것이 아니라 풀이 나무가 자연이 결정한다.

나는 나를 선택한 고마운 식물들과 산다. 인간들은 서로가 아니다 싶으면 몰래 헤어질 틈을 노리거나 같이 살아도 혼자 사는 듯 이기적으로 도망갈 구멍을 찾아내지만 식물은 그렇게 하지 못한다. 그냥 죽는다. 그래서 나와 살고 있는 식물들은 정말로 거짓 없이 나와 살고 있는 것이다.

엄마들은 다 식물을 잘 기른다는데, 베란다와 거실 가득 주객이 전도된 듯 식물들을 모시고 사는 우리 시어머니도 마찬가지다. 꽃이 하도 피지 않아 답답한 마음에 하루는 그 앞에 가서 그랬단다. "너 꽃 안 피우면, 모가지 댕강 해 버릴란다." 그랬더니 그 녀석이 망울망울 꽃을 맺었다며 얼마나 좋아하셨는지.

눈속임이 되었든 협박이 되었든 사랑을 갈구하는 인간의 마음을 받아 주는 식물의 아량은 언제나 아름답다.

오래된 벽에도 식물을 심을 수 있는 공간이
있다. 균열이 생긴 벽 틈에 세듐이나
셈페르비붐 같은 식물을 심어 보자.

068

존 번스, 『킨포크 가든』(오경아 옮김, 윌북, 2021)

균열이 생긴 벽을 보고 있자면, 뜨거운 태양 아래 달구어져 아지랑이가 피어오르는 봄날 공벌레나 땅강아지들의 받침이어야 할 것 같기도 하고 흑백 영화 속 빗방울이 흐르는 유리창 밖으로 하리타분히 비치는 오브제여야 할 것 같기도 하다. 거기에 하나 더 하자면, 거친 도화지에 실수로 초록 물감이 툭 툭 떨어진 듯한 도시의 이끼가 있어야 할 곳 같다.

언젠가 나는 모스 그래피티를 해 볼 요량으로 재료들을 준비한 뒤 어느 벽에 근사한 이끼 글자를 디자인해 볼까 하고 천천히 주변을 살폈다. 그러다가 알았다. 보도블록 사이에 벽돌과 벽돌 틈에 금이 간 시멘트 벽에 그때까지 내가 알던 것보다 훨씬 많은 이끼들이 살고 있다는 것을. 깊이 50센티미터쯤 되는 배수로 안쪽으로는 은이끼와 참꼬인이이끼 들이 마른 채로 혹은 젖은 채로 그날의 습도를 담고 있었고, 나무 아래에는 어김없이 아기들솔이끼나 아기들덩굴초롱이끼가 가득했다.

유리로 된 안락한 컨테이너가 아닌 균열의 틈에서 피어나던 온갖 이끼들은 식물을 아름답게 가꾸어진 것으로만 대하던 내 인식에 큰 변화를 주었다. 그 시절 균열의 벽은 나에게 땅이었고 우주였다. 십오 년 전쯤 런던의 거리에서 게릴라 가드닝을 펼치던 정원사 리처드 레이놀즈에게는 빈 땅과 도로 갓길과 방치된 도시의 화단이 우주였을 것이다.

캐나다 출신의 싱어송라이터이자 시인이고 소설가인 레너드 코헨의 『송가』라는 곡에는 이런 가사가 있다. "모든 것에는 갈라진 틈이 있다. 빛은 바로 그곳으로 들어온다." 이끼가 피어난 균열의 벽은 꼭 상처에 딱지가 앉은 것 같다. 새살이 돋아나듯 깨진 틈으로 피어나는 이끼처럼 우리의 상처도 무엇으로든 피어나는 상상을 해 보면 어떨까.

처마 아래 화분을 하나하나 옮겼다.
비를 실컷 맞을 수 있는 곳으로. 쪼그리고
앉아, 소원이 도착하듯 화분에 내려앉는
빗방울들을 골똘히 쳐다보았다.

069

김소연, 『시옷의 세계』(마음산책, 2012)

나 역시 비가 내리면 화분을 옮긴다. 조급하게 서둘러 옮긴다. 모두가 흠뻑 젖어야 하니까. 비가 눈곱만큼 내린다 해도 인간의 손에 쥔 호스 물줄기에 비할 바가 아니다. 대지를 적시는 비의 힘은 지하로 흘러들어 쉽게 증발하지 않는다. 빗물은 흙 사이로 돌 사이로 깊숙이 스밀 뿐 아니라 공기 중에 흩날리며 식물의 온몸을 적신다. 그리고 식물을 돌보는 이들의 마음도 적신다.

촉촉하게 젖은 단어들이 부푼 채로 공중에서 서로 부딪히며 튕겨 날 때가 되어서야 비로소 내 작은 화분들 안에도 여행자들의 배낭이 풀리듯 낯선 생각들이 내려앉는다. 신기하게도 비가 내리고 그칠 때마다 늘 새로운 여행자의 배낭이 도착한다. 그러면 나는 내 서툰 걱정 따위 벗어던진 말간 초록의 식물들 앞에 잠시 허리를 폈다가 다시 쪼그리고 앉아 그저 보고 또 보는 것이다. 낯설어진 초록들을. 그때 찾아드는 감정이 평정심이다. 어제의 나도 내일의 나도 없고 허둥지둥 낑낑 무거운 화분을 나르던 조금 전의 나도 없다. 그저 식물들이 자연 속에 잠시 놓였다는 그 안도감은 내 생명까지 부풀린다. 그렇게 마음이 차오르면 얼마나 숲에 가고 싶었던지.

차를 몰다가 훌쩍 가까운 휴양림으로 차를 돌리기도 하고, 충동적으로 내비게이션에 자작나무숲을 찍기도 하지만 늘 그럴 수는 없는 노릇이다. 홍차가 담긴 영국산 찻잔과 소서를 보며 생각해 본다. 그래서 잔에도 소서에도 나무와 꽃이 그려져 있나 보다고. 누구든 쉽게 그리워하는 것들이라서 그런가 보다고. 어떤 미동 때문인지 잔 위의 수면이 일렁이면 가고 싶은 그 숲에 바람이 부는가 보다 하고 상상한다. 멀리서 살랑, 여기서 머리칼이 살랑. 이 자리에서도 시원해진다.

'아, 그 아가씨는 부르봉 장미처럼 늦게 꽃을
피우는데, 손님들 모두 탐내지요'

070

타샤 튜더·토바 마틴, 『타샤의 정원』(공경희 옮김, 윌북, 2006)

보는 이마다 탐내던 그 아가씨는 돌능금나무다. 이미 타샤 할머니의 많은 팬들이 이 아가씨를 찾아 정원으로 뒤뜰로 도시의 빈화단으로 고이 모셨을 것이다.

색색으로 꽃을 피운 돌능금나무 아래로 샛노란 빛깔과 연한 크림 빛깔의 수선화 무더기가 어우러진 숨 막히는 봄의 풍경을 사진으로만 보고 또 본 것이 십여 년째다. 꽃과 나무를 아가씨나 숙녀라고 부르던 타샤 할머니의 음성이 귓가에 울리는 듯하다. 이따금 단아하고도 화려하며 고고한 그 아가씨를 만나 수다를 떠는 꿈을 꾼다. 크림 빛깔 드레스 자락이 스칠 때 어떤 느낌이었는지, 곁을 돌보던 손길은 언제 가장 급했고 또 언제 조금 느긋했는지, 웰시코기들은 아리따운 아가씨들이 다치지 않도록 조심스럽게 뛰어다녔는지…… 밤새 떠들 수 있을 것 같다.

내게도 그런 아가씨가 있다. 붓순나무다. 그 애의 사진을 찍어 두었던 건 그저 아름다워서였는데, 그 애가 죽었다는 소식을 들었을 때 사진 한 장을 남겨 둔 것을 떠올리고 얼마나 가슴을 쓸어내렸는지. 그 우아한 선은 따라올 자가 없다.

나의 정원은 무심히 화분들이 꽉꽉 들어찬 비닐하우스이며 완충재가 가득 든 택배 상자이며 사연 있는 식물들이 놓인 집 안 구석구석이다. 하지만 나의 정원은 끊임없이 확장한다. 봄날 보랏빛 캄파눌라 아가씨를 보냈던 제주 해안가 마당으로, 가을날 명자나무 숙녀를 보낸 남원 어딘가 뜰로, 크거나 작은 방으로 어두운 골목길 좁은 발코니로 끝없이 이어진다.

그렇게 그렇게 이어지다가 언젠가 버몬트 숲에 이를 수 있을까? 그럼 나는 자작나무로 만든 배를 타고 노를 저으며 물에 비친 나무 그림자들 사이로 찰랑이는 나뭇잎들을 매만지고 싶다. 그리고 그 물결 위로 지나간 아가씨들의 이야기를 어서 들려 달라고 조를 것이다.

밖에 나갔다가 돌아오면 방문객들이
들렀다가 명함을 남겨놓고 간 것을 발견한다.
그 명함이란 한 다발의 꽃일 수도 있고,
상록수의 가지들을 화환처럼 엮은 것일 수도
있으며, 또는 노란 호두나무 잎이나
그 나뭇조각에다 연필로 이름을 써 놓은
것일 수도 있다.

071

헨리 데이비드 소로, 『월든』(강승영 옮김, 이레, 1993)

문이 잠긴 적 없었던 소로의 호숫가 집에는 많은 이들이 주인이 없어도 들렀다 가고는 했다. 그들은 잠시 서성이다가 돌아갔을 것이고, 집 안에서 우물쭈물하다 의자에 앉아 소로가 먹은 빵 부스러기를 물끄러미 바라보았을 것이다. 그런데 어떤 이들은 자연물에 흔적을 새기거나 자연물 자체로 자신의 방문 사실을 남겼다. 그러면 소로는 집에 도착하기도 전에 이미 꽃의 꺾인 자리, 나뭇가지의 잘린 흔적을 보며 그들의 방문을 알아챘다.

소로를 기다리며 만든 야생 꽃다발, 나뭇가지로 만든 리스, 꾹꾹 이름을 눌러 쓴 나뭇조각 들. 소로는 그 자연으로 만든 명함을 발견하고는 웃었을까. 다녀간 이들의 사연을 상상했을까. 때로는 가지 말라 붙잡고 싶은 이도 있었을까. 드라마의 클리셰로 영원할, 만남이 엇갈리고 그리움이 따르는 지리멸렬한 상황은 대부분 인물이 뭔가 흔적을 남김으로써 전개되는데, 그 흔적이란 것이 이렇듯 꽃이고 잎사귀라면 나는 몇 차례고 같은 장면을 반복해 감상할 용의가 있다.

이십 대 후반 케이블 채널 보조작가를 전전하다 출판사에 입사해서도 책에 대한 어설픈 철학조차 탐나는 것이 없어 편집자와 샐러리맨 중간에서 맹숭맹숭하게 살던 시절이 있었다. 명함이 바뀔 때마다 그것이 상승인지 하강인지 겨우 그런 조바심을 내던. 난 그때 나뭇잎이 단풍잎이나 은행잎, 아니면 동글납작한 모양이 전부인 줄 알았다. 긴 시간을 거쳐 이제야 잎사귀들을 구분해 내며 조금 전 내 마음 작은 방에 무엇이 왔다 갔는지를 헤아릴 수 있게 되었다. 명함이 아닌 목소리 끝의 울림이나 손끝이 무심결에 가리키는 방향 같은 걸로 말이다.

여기 천리포 있으면 기분이 좋아요.
자연미 보고 나무뿐 아니라 벌레도 좋아요,
다 좋아요.

072

KBS대전 개국 71주년 특집 다큐멘터리 『천리포 수목원 사계』
민병갈 원장 인터뷰 중

태안, 만리포로 향하는 서해로 위에서였다. 비가 쏟아졌다 그쳤다를 반복하는 날씨 탓인지, 따뜻한 활자 하나 적히지 않은 거친 종잇결 사이를 가로지르는 기분이었다. 먹구름의 습기를 잔뜩 머금은 나무들은 지나는 차량들이 뿜어내는 이산화황과 일산화탄소에 어두운 이야기까지 머금은 듯 검고 무거웠다.

아직 계절에 순응하지 못한 하늘은 청춘 같았다. 금물결이 치는 가을 논 위로 이따금 보이는 투명에 가까운 흰 구름과 그 구름들 사이 깊고 푸른 연못이 오늘 반드시 꺼내야 할 기억을 담고 있다는 듯 지나치게 이색을 발하고는 했다. 잿빛에 파랑. 몸을 뚫고 튀어나올 것만 같은 상처들. 어울리지 않는 이야기.

거친 비바람 속에서 천리포수목원을 헤치듯 다니는데, 산책이라기보다는 전투에 가까웠다. 높은 파도가 해안가 나무 펜스를 넘어와 옷이 젖었고, 한기로 몸이 으슬으슬했다. 무엇이든 보고야 말겠다는 마음을 버리게 되는, 항복하게 하는 날씨였다. 중요한 것은 이 바람을 뚫고 어서 따뜻한 곳에 이르는 것뿐이었다.

진다이 개미취, 구절초, 대상화, 벌개미취, 쑥부쟁이, 콜치쿰, 해국 들. 분홍빛 보랏빛 꽃들을 지나 가을빛을 띤 나무 아래 이르렀을 때, 커피도 담요도 없었지만 드디어 따뜻해졌다고 느꼈다. 가지를 아래로 죽죽 늘어뜨려 자신을 찾는 모든 이에게 비와 해를 피할 그늘을 만들어 주었을 나무, 닛사였다. 그 나무 곁에서 "기분이 좋아, 또 올게." 하고 속삭였는데, 아름다운 닛사가 이렇게 대답했던 것 같다.

"다 알아."

어떤 바보가 장미를 훔치겠어요?
(진귀한 것들도 있어요.)

피에르 피노드, 영화 『베르네 부인의 장미 정원』(2022)

시골집에는 엄마의 손님들이 자주 오가는데, 하나같이 식물을 좋아하는 사람들이다. 물론 개중에는 좋아하는 척 다른 속셈이 있는 이도 있겠지만, 대부분은 사계절 다양한 초화와 분재, 뒷산의 철쭉, 자엽안개, 작약, 갖가지 동백 들을 보러 온다. 그들 가운데는 기척 없이 오가는 사람들도 있는데, 얌전히 가지 않고 아름답고 진귀한 것들을 훔쳐 간다. 무늬비비추를, 댕강나무를, 찌도리남천을, 소로가 사랑한 칼미아를 말없이 가져간다.

책도둑은 도둑이라 하지 않는다는데, 꽃을 훔치는 이 또한 그렇게 말할 수 있을까. 훔칠 리 없는 것을 훔치는 그들에게 베풀어야 할 관용과 아량 때문에. 꽃을 훔쳤으면 꼭 씨를 퍼뜨려 주기를 간곡히 부탁한다. 진귀한 것이라고 알고 있는 그 식물이 가장 귀한 대접을 받는 일은 세상에 더욱 널리 퍼지는 일뿐이니.

몇 해 전 시골집 입구에 CCTV가 설치되었다. 면사무소에서 식물을 지켜 주겠다고 나선 재미난 상황은 아니고, 동네에 CCTV가 부족한 곳을 찾다 보니 집 입구 전봇대에 달리게 되었다.

그 덕에 이제는 풀 한 포기 꽃 한 송이 몰래 가져가는 이가 없으니, 들이 들이 아닌 듯 산이 산이 아닌 듯 꽃밭이 꽃밭이 아닌 듯, 우습게도 좀 심심하게 느껴진다. 씨앗 퍼질 일이 줄어 정원사가 제 몫을 다하지 못하는 것 같아 그런가 생각해 보아도 그건 아니다. 곤충과 바람이 다 하지 않나. 진귀한 것을 알아챈 그들이 충동적으로 드러낸 격한 '공감', 내면의 '좋아요'가 적어져 그런 건 아닐지.

식물을 훔치는 이들에게 딸려 간 식물들의 안부를 묻는다. 잘 지내겠지요?

"화분이 죽으면 집 밖에 내놓곤 하는데,
비둘기가 날아와 가지를 물고 가더라고요.
집을 지으려는 것이지요. 그 장면을 본 후,
발코니에서 일어나는 일들에 완전한 자기
책임을 느끼지 않아도 된다는 생각을 했어요.
그것은 거창하게 말하면 자연의 일,
그 순환이니까요."

074

「60개 화분 속 초록 기운… 경직된 삶에 순한 균열, 소설가 김금희의 '식물예찬'」
『문화일보』(2020.6.2.)

구월이다. 산책로의 맥문동 열매가 까맣게 익어 간다. 일산은 차도-인도-녹지대-상가와 주택, 계획도시여서인지 이런 구조로 짜인 곳들이 많다. 고양시로 막 이사 왔을 땐 미로처럼 비슷한 도로 풍경이 무척 낯설었다. 게다가 녹지는 나무와 풀이 더욱 비슷하여 장소를 명확히 구분하는 게 더 쉽지 않았다. 이제는 요령이 생겨 공원 맞은편 빌라나 아파트의 베란다 풍경으로 위치를 가늠한다.

산책을 하다가 눈에 들어오는 건 잘 닦아 놓은 도시 화단의 나무보다 빌라 발코니에 놓인 화분 몇 개다. 꼭 낯선 등장인물들의 취향을 읽는 것 같아 재미있다. 마치 문예지에 실린 신인 작가의 작품을 보는 듯 흥미롭기도 하다. 난초 그림이 그려진 사기 화분에서 자라는 산세베리아, 투박한 고추장 단지에 심어진 목질화된 꽃기린, 남의 집 베란다 섀시에 닿을 듯 늘어진 스킨답서스, 때를 모르고 피어 버린 철쭉들.

빌라 화단과 맞은편 공원을 향해 뻗은 식물들의 가지와 잎사귀는 그 집에 사는 이들의 마음이다. 발코니의 화분들은 바깥으로 향하는 화단이다.

내가 옥상에 식물을 올려 두는 마음 또한 비슷하다. 화분에 담긴, 인공의 공간에 들어 있는, 숲이 아닌 이곳에 심긴 식물들이 저기 건너편 공원에 있는 나무 아래 제약 없이 뻗은 풀잎에 닿았으면 하는 탈출의 욕구. 비둘기가 발코니 화분의 가지를 물고 가는, 그런 기적 같은 일이 내 발코니에서도 일어나길 기대하는 마음. 그런 마음이 식물들을 자꾸 바깥에 내놓게 하는 것이다.

재스민 화분에 애기똥풀 씨앗이 날아와 피어날 때 그 여린 침입자를 쉽게 솎아 내지 못하는 이유 또한 그런 마음들 때문이다. 비록 성장은 더디게 될지언정 벗이 생겨 얼마나 즐거울까 상상하면 쉽게 뽑지 못한다.

163

그이들 큰 즐거움은
스위트피를 키우고, 나눠주는 것이라네.
꽃피는 철이면 마을로 가는 길에
수십 다발 꽃을 바구니, 대야, 양동이에 담아,
친구들, 식료품상, 치과의사, 주유소 사람들과
거리의 낯선 이들에게 나눠준다네.

헬렌 니어링, 『아름다운 삶, 사랑 그리고 마무리』
(이석태 옮김, 보리, 1997)

이 노랫말 속 '그이들'은 헬렌 니어링과 스코트 니어링이다. 꽃이 필요하냐는 스코트 니어링의 질문에 "아니오."라고 대답했던 헬렌 니어링은 평생의 동반자 스코트와 함께 얼마나 많은 꽃을 기르고 나누며 살았던가.

꽃들이 만발하는 계절, 동네 어귀에서 스위트피가 가득 담긴 바구니 양동이를 두고 계절을 나누는 두 사람을 머릿속에 그려 본다. 미국 버몬트의 시골로 공간 이동을 하면 귀한 노동과 일용할 최소한의 양식과 독서와 음악으로 살았던 그날의 환대로 어질어질해질 지경이 된다. 수십 년이 흐른 지금 문자로 읽는 꽃이 어쩌면 이리도 거리에 넘쳐 나는 꽃다발, 플로럴향, 디퓨저 같은 것들보다도 더 강렬하게 후각을 자극하는지.

그런 꽃다발을 받은 적이 있다. 채소시장 마르쉐에서 손님들이 사 가고 남은 천일홍 다발이었다. 크라프트지로 한 번 가볍게 감싸고 아래쪽을 마 끈으로 마무리한 그 자줏빛 천일홍을 받은 뒤로 나는 천일홍이 피는 그 계절을 지날 때마다 매번 그의 마음을 받고 또 받는 기분이었다.

초여름이면 마르쉐에서 사 온 꾸러미를 식탁 위에 풀어놓는다. 농부가 가꾼 딜꽃과 세이지꽃으로 센터피스를 만들고 루콜라, 양배추, 올리브절임, 프랑스식 크레페 같은 식량들을 그 옆에 두고 있자면 누구든 나누어 먹을 이를 찾지 못해 안달이 날 지경이다. 누굴 불러 같이 배불리 밥을 먹고 이야기꽃을 피우고 못내 아쉬워하다 결국 헤어질 땐, 그의 손에 꼭 딜꽃 한 줄기를 쥐여 주어야 직성이 풀린다.

내가 방치해둔 사이 나 몰래 내 화분에
씨앗을 심은 것은 바람이었을 것이다.
바람은 밤의 요정처럼, 성스러운 밤
선물을 머리맡에 놓아주고 간다는
먼 곳의 노인처럼 한밤중에 찾아와 씨앗을
흩뿌려놓았을 것이다.

076

백수린, 『아주 오랜만에 행복하다는 느낌』(창비, 2022)

한밤중에 바람은 이불 곁으로 파고들어 발가락을 간질일 것이다. 무덤 밖에서 돌던 모든 이야기들을 나를 것이다. 다음 날 처음으로 깨어날 어느 인간의 눈꺼풀 아래서 속눈썹을 후 불고 갈 것이다. 머리칼을 흩날리며 향기를 퍼뜨리고 마지막으로 씨앗을 나를 것이다.

올여름에도 어김없이 피어난 풀들은 다 고유명사 같았다. 다 달라서 현기증이 일었다. 여름은 그 어지러운 불청객들을 맞이하는 계절. 격식을 모르는 자유로운 시인처럼 하나하나 각자의 명사를 가지고 한 포기로 태어나는 밤. 이 모든 것이 바람 때문이라면, 어떻게 바람을 사랑하지 않을 수 있을까.

내가 씨앗이라면, 나는 당신이 후, 후 담배를 피우는 그 옥상 구석 빈 화분에 쓰잘머리 없이 눈에 띄는 일 없이 피어나는 콩다닥냉이나 포아풀 같은 식물의 그것일 것이다. 아직은 고유명사를 갖지 못하고 그저 풀, '이름 모를 풀'로 불리지만, 언젠가 한 번쯤은 모든 가능성을 품고 피어남의 열망으로 끓어오르는 씨앗.

눈을 쓰는 빗자루와 캠핑용 침낭이 보관된 창고와 녹슨 트램펄린과 계절을 떠나보낸 온갖 잡동사니가 함께 뒹구는 옥상에서 아무렇게나 마구 피어나는 여름풀들이 지난겨울 성스러운 밤의 선물이라 여기면, 당신이 그러하듯이 나도 다정한 마음으로 나를 쓰다듬어 주게 된다. 우린 늘 피어날 운명이었다.

"조금만 기다려. 저기 있는 것들이
어떻게 자라는지 두고 봐."

077

프랜 소린, 『정원통신』(이순주 옮김, 뜨인돌, 2006)

날마다 식물 집사들의 전화를 받는다. 문의 내용은 대체로 평범하지만, 때로는 상상을 초월할 정도로 기상천외하다. 서울 기온이 37도까지 오른 어느 여름다운 여름, 드라마처럼 불길하게 휴대전화 소리가 울리고 전화기 너머 날카로운 음성은 조급하다.

"새것을 보내셔야죠. 헌것을 보내시면 어떡해요."

고객이 주문한 식물을 보내면서 헌것을 보낼 리 없다. 그런데 사실 새것을 보낸 적 또한 없다. 식물을 보면서 새것이라거나 헌것이라거나 하는 생각을 해 본 적이 없는 것이다.

여름날에 식물이 택배로 이동한다는 것은 약 스무 시간가량 지속되는 밀폐와 더위와 어둠, 택배 상자들끼리의 충돌과 낯선 속도와 대형 트럭의 진동을 견뎌 내야 한다는 의미다. 식물들은 몸살을 한다. 견디면서 새 친구에게로 이동한다. 전혀 예상하지 못하는 세계로 건너기 전, 현대의 문명과 속도 속에서 의식처럼 고통을 치른다. 그러니 상자 속 식물들이 야생에서 빛을 받듯 생명력으로 약동할 리 없고, 화원에서처럼 절묘한 짜임새로 다듬어진 아름다움을 뽐낼 리 없다. 그러니까 식물과 함께 살기로 마음먹은 우리의 임무는 그저 돌보며 기다리는 일이다.

정원 디자이너인 프랜 소린은 친구 헬레인의 정원을 맡아 디자인하며 곳곳에 스모크부시, 아이리스, 서양톱풀 같은 다년생 풀들을 심었다. 그야말로 볼품없는 첫해를 보내면서 왜 정원이 기대와 다른지 조급해하는 헬레인에게 프랜 소린이 말했다. 기다려 보라고.

손님들에게 자주 하는 말 가운데 하나는 역시 "기다려 보세요."다. 이제 갓 새 보금자리에서 낯선 인간과 동거를 시작한 식물들. 모든 것이 원래 그 자리에 있었던 듯 자연스러워지려면 시간이 걸린다.

팔랑제르는 제 발로 선반 끝을 떠날 수
없다는 상황에 맞섰다. (……) 기는줄기들은
쉼 없이 길어졌으며, 갑자기 그 기는줄기들이
나를 내 방에서 아주 먼 곳으로 이끌고
간다는 느낌을 받았다.

078

마르 장송·샤를로트 포브, 『보따니스트』(박태신 옮김, 가지, 2021)

마르 장송은 팔랑제르를 꺾꽂이하면서 식물 세계에 입문한다. "나도 모르는 사이에 자라나 창문을 향해 곁눈질하더니" 이내 빨아들인 태양 빛을 "내 공책 위에 쏟아붓는" 생명력을 보여 주는 팔랑제르. 그 강인한 식물성에 반해 유리창의 뉴욕 스카이라인을 식물 덩굴로 가리기에 이르는 식물광이 된다.

팔랑제르는 우리가 흔히 아는 접란이다. 팔랑제르는 아래로 우아하고도 시원하게 곡선을 그리며 떨어지는 기다란 잎이 매력적이다. 이 녀석은 잎과 함께 자라나는 기는줄기를 가지는데, 그 끝에 아름다운 흰 꽃이 핀다. 하지만 팔랑제르의 매력은 단연코 잎을 지나 전속력으로 내달리듯 뻗는 기는줄기다. 그 기는줄기 끝에 피어난 개체를 떼어 배양토에 꽂아 쉽게 번식시킬 수 있다.

식물 가게를 할 때 나도 볕이 드는 창가에는 어김없이 식물들이 지내도록 했다. 집 베란다 창 바로 앞에도 필레아페페, 무늬아이비, 마리안느, 사파이어, 필로덴드론 플로리다 옐로우고스트, 립살리스 폭스테일 등 몇몇 녀석들이 지낸다. 빛이 옅어 더 아름다운 반그늘 반양지는 식물들을 위해 신이 마련한 장소다. 녀석들은 빛을 흠뻑 받고서 얻은 즐거움을 우리에게 나누어 주는데, 그 즐거움의 원인이 초록 이파리들의 몸을 통과한 뒤 한층 부드럽게 여과되어 흩어져 내리는 빛이라는 사실을 마르 장송의 글로 알았다.

빛을 부드럽게 만들려면 식물을 들이는 것보다 좋은 방법은 없다. 창가에 피어나는 오피스텔 틈새 숲이면 어떤가. 모든 숲의 생성은 신비하고 위대한 일이다. 성당의 스테인드글라스가 온화하고 경건한 빛을 만들어 내듯 식물이 그렇게 고요하고 평온한 빛을 만들며 우리를 초록 세계로 이끈다.

또한 아버지가 심어서 키울 수 있도록
뱅갈고무나무의 잎도 넣었습니다.
테라스에 화분을 놓고 고무나무를 심었는데
무성하게 자란 덕에 잎사귀를 몇 개
딴 것입니다.

079

애너 파보르드, 『2천년 식물 탐구의 역사』(구계원 옮김, 글항아리, 2011)

식물러에게 '번식시키기'는 자신의 정체성을 확인하는 잣대이자 능력을 인정받는 중요한 과업이다. '번식시키기'를 잘할 줄 아는 이는 신비로운 것들을 자기 마당에 들일 가능성이 높다. 식물 종을 늘려 돋보이는 식물 수집가가 될 여지가 많은 것이다.

스위스 바젤 출신의 과학자 펠릭스 플래터는 1552년 의학 공부를 위해 프랑스 몽펠리에로 떠난다. 당시 의학은 식물 탐구를 기반으로 하고 있어 플래터는 식물학에도 해박한 지식을 갖게 된다. 그는 몽펠리에에 있는 동안 바젤의 아버지에게 많은 편지를 썼고, "아름다운 오렌지 예순세 개와 말린 포도 한 바구니, 그리고 무화과도 몇 개" 담긴 크리스마스 선물 상자에 "아버지가 심어서 키울 수 있도록 뱅갈고무나무의 잎도" 함께 보낸다.

"어쨌든 이렇게 커다란 나무도 이탈리아에서 들여온 잎사귀 하나가 자라난 것입니다." 이탈리아에서 온 뱅갈고무나무 이파리 하나는 프랑스에서 커다란 나무로 자라났고, 그 작은 잎 하나가 상자에 담겨 스위스 바젤로 이주한 셈이다.

홀로 떨어져 배를 타고 이동하는 한 장의 뱅갈고무나무 잎을 떠올려 본다. 경이로운 식물 표본집을 만들어 낸 한 식물학자의 열정, 그런 항로가 있었다. 식물은 그렇게 특별하게 여기에 도착한다.

뱅갈고무나무는 연한 줄기를 꺾어 잎을 하나만 남기고 물에 꽂아 두면 된다. 물속에 잠긴 줄기에서 뿌리가 나올 것이다. 그렇게 또 하나의 생명이 태어난다.

말해봐요, 할머니, 그 어느 시신에
성수를 뿌려주려고 회양목 가지를
옆구리에 끼고 가나요?

미셸 투르니에 글·에두아르 부바 사진, 『뒷모습』
(김화영 옮김, 현대문학, 2002)

누군가 식물을 들고 가는 모습은 예사롭지 않게 느껴진다. 그것은 식물의 보이지 않는 자립성 때문이 아닐까. 멈추어 있으나 역동적이고, 한자리에 있으나 지구 반대편까지 움직이기도 하는 유연함. 그들이 누군가의 손에 들려 있는 건 어쩐지 어색하다. 인간의 손에 잡힌 물체로 낯설기로는 지상의 거의 유일한 개체이다, 식물은.

언젠가 그런 할머니를 보았다. 그 할머니, 지팡이는 들지 않았지만 에두아르 부바의 사진에서처럼 허리가 굽어 꺾어 든 개나리 가지라도 지팡이 삼아야만 할 것 같은 몸이었다. 개나리 줄기 낭창낭창 휘어 흐드러진 가운데 할머니나 가지나 하나 같았다. 참으로 궁금했다. 그 가지를 꺾어 들고 가는 곳은 온기가 있는 곳인지, 맺힌 꽃망울이 곧 터지겠으니 물을 잘 갈아 주어야겠다고 말을 주고받을 이는 있는지, 그 개나리 다 시들면 시듦을 갈아치우고 새로 오는 봄꽃들을 맞을 작정인지, 다 궁금했다. 혹시 그 가지들을 모아 당신의 서식지로 쓸 생각인 건 아닌지까지도, 그런 것들이 다.

나 역시 봄이면 한 번쯤은 매화 가지를 꺾어 집 안에 들인다. 꽃이 한 송이 한 송이 피어나고 또 지는 것을 봄의 시계 삼아 지내노라면 벽시계의 시간은 흐트러지고 매화를 따라 잠시 멈추기도 하는 것이다.

"정원도 사람도 착해야 더 오래
살 수 있어요."

김봉찬, 「#187 조경전문가 김봉찬 vol.3 베케를 만든 '큰' 디자인 규칙」
『Oh! 크리에이터』

제주 베케, 그 착한 정원을 떠올리면 돌담과 돌무더기 그리고 그 위의 이끼 카펫이 펼쳐진다. 베케는 돌무더기를 뜻하는 제주 방언인데, 돌과 바람이 많은 제주에 필연적으로 탄생한 자연 요소다. 바람을 막아 식물에게는 은신처가, 그 돌들이 쌓인 담 아래 피어난 으름덩굴과 멀꿀은 사람에게 유용한 먹을거리가 되어 주었다고 정원가 김봉찬은 말한다.

정원이 착하다는 것은 무엇일까. 혼자 도드라지게 뽐내지 않고 다른 생명들과 어울리며 서로가 그 자리에 잘 살아남을 수 있게 조력하는 것. 지나치게 웅장하거나 드세지 않고 작고 여린 것들의 가치와 힘을 믿으며 기다려주는 것. 김봉찬 정원가에게 정원이 착하다는 것은 그렇게 '균형과 밸런스'를 맞추는 일이다. 사람이 착하다는 것과도 비슷할까. 정원처럼 어디서든 무엇과도 조화로운 것일까 생각해 보면 글쎄, 사람은, 하며 자꾸 쉼표를 찍게 된다.

사람이 착하다는 것은 무어라 선언할 수는 없는 문제이지만, 그것은 명제나 추론 같은 것이 아니라 노랫말이나 소설의 한 구절 혹은 스냅사진의 한 장면 같은 것으로 설명할 수 있는 아름다움이면 족하지 않을까. 식물에게 무해한 당신은 오늘 착하다. 가파른 언덕 동네와 해안선이 아름다운 그곳으로 서식지를 옮기겠다 마음먹는 나는 그 순간 잠시 착하다. 고양이가 먹어서는 안 되는 식물 목록을 찾는 우리 역시 착하다.

이끼는 바람 부는 곳에서도
태어나니까요 그리고 정해진 운명은
바람에 흔들리지 않으니까요.

082

이원하, 「하나 남은 바다에 부는 바람」 『제주에서 혼자 살고 술은 약해요』
(문학동네, 2020)

화순 운주사에 가면 층상응회암을 만날 수 있다. 고려시대에 만들어졌을 것이라는 석탑과 석불들이 응회암 노두 아래 줄지어 기다리고 있었다는 듯 순박한 미소로 맞아주는 곳. 크레이프 케이크 결처럼 펼쳐진 응회암 노두의 층리를 더 아름답게 만드는 것은 이끼류와 지의류다. 대웅전 앞 설경 아래 빨간 열매를 달고 축제처럼 서 있는 호랑가시나무나 층리 입구마다 한 그루씩 심겨 있는 동백보다 분명 수 천 년 먼저 태어나 살아남았을 이끼와 지의류 그리고 코를 타고 흘러드는 미생물들의 축축한 냄새. 비가 지나간 자리에서는 이끼들이 다 피어나 민트색과 이끼색과 온갖 초록들이 다 조금씩 더 짙어진 채도로 우리를 맞이한다.

흐리고 추운 날이었다. 바람에 기도의 입김에 종소리에 목소리에 서서히 닳아 가는 석탑과 석불들 어깨에도 축축한 곳에는 어김없이 이끼가 앉아 있었다. 우리의 소망과 바람이 이 땅에서 끝까지 살아남은 그 이끼에 닿으면, 혹시 좀 더 쉽게 이루어질까. 가장 오랫동안 살아남은 것들은 고생대까지 닿는 그리움을 알기에 너그럽다. 그래서 우리는 오래된 것들에 다가가 그토록 쉽게 기대어 보는 것이 아닐까.

시 「제주에서 혼자 살고 술은 약해요」에서 "종달리에 핀 수국이 살이 찌면 (…) 착즙기에 넣고 즙을 짜서 마실 거예요. 수국의 즙 같은 말투를 가지고 싶거든요"라고 한 시인을 흉내 내어, 이끼를 갈아 그 즙을 마실까. 소원이 부는 층리마다 둥근 탑마다 태어나는 그 이끼들을 갈아 마시면, 죽자고 무엇이든 이루고자 달려들 듯 살지 않아도 될까. 멀리 이름 모르는 그대까지, 잘 지내냐 묻게 되는, 너그러워지는 이끼 앞에서.

"집회 중에서 어느 대목이 제일 좋았는지 말씀드릴까요. 그런 여자들이 투표를 해서 모든 사람이 빵을, 그리고 꽃도 갖게 된다는 거였어요."

리베카 솔닛, 『오웰의 장미』(최애리 옮김, 반비, 2022)

자연의 야생초들을 배경으로 참정권을 가져 본 적 없는 한 여성이 목도한 새로운 꽃은 '음악과 교육과 자연과 책'이 되어 줄 나만의 한 송이다.

에스컬레이터 손잡이를 걸레로 닦고 있던, 청소하는 아주머니는 유쾌해 보였다. 괜히 눈이 마주친 나에게 아주머니는, 잠깐 걸레를 그렇게 정지 상태로 대고 있으면 에스컬레이터 손잡이가 지나가며 저절로 닦인다고 했다. 나는 가볍게 말 걸어 준 그녀의 호의가 고마워 웃었다.

이내 아주머니는 식물을 닦기 시작했다. 그 쇼핑몰에서 가장 화려한 곳은 높은 층고 이미지를 만들어 내는 건물 중간 텅 빈 부분의 난간 옆에 있는 아치형 식물 지지대였다. 꽤 큰 지지대에는 늘 식물이 휘감아져 있었다. 조화다. 언젠가는 벚꽃이었고 언젠가는 장미였다. 그녀의 손길은 그렇게 '식물 같은' 것을 닦았다. 반짝반짝 빛나게. 그녀의 손길이 닿은 가짜 식물들이 바로 곁에 있던 살아 있는 아레카야자의 생명력 넘치는 이파리만 못하다고 말하지 못하겠다. 세상에서 가장 조악한 조화라 할지라도 빌딩 안 햇살 없는 가짜 정원에서 가짜 꽃을 만지는 그들 손에 신성한 노동이 깃들어 있다면 이야기는 달라진다. 리베카 솔닛은 조화가 아름답지 못하다고 생명력이 깃들지 않아 "조잡하고 건조한 느낌"마저 있는 가짜라고 했지만, 나는 아름다움에 대해 단언하고 싶지 않다.

"손에 잡히는 것뿐 아니라 손에 잡히지 않는 것들, 필요한 만큼이나 즐거움에 속하는 것들과 그런 것들을 추구할 시간, 내적인 삶을 살 시간과 바깥 세계를 쏘다닐 자유" 리베카 솔닛이 말한 그런 것들이 그녀에게도 있으면 좋겠다.

창문 옆에 작은 화분을 놓으면 좋겠어.

084

노아 바움백, 영화『결혼 이야기』(2019)

영화 『결혼 이야기』는 자수성가한 연극연출가 찰리와 배우 니콜이 뉴욕에서 함께 일군 성취와 행복과 크고 작은 모든 전쟁을 뒤로한 채 이혼하는 과정을 담고 있다. 이혼 조정 중 검사관이 찰리의 집에 방문하게 되자 찰리는 급히 집을 꾸민다. 짐도 채 풀지 않은, 여행자의 공간 같은 곳을 보며 누군가 조언한다. "창문 옆에 작은 화분을 놓으면 좋겠어."

'창가의 화분'은 '여름날의 휴가', '화창한 봄날', '잔잔한 호수' 같은 말이다. 발음마저 강가의 돌처럼 구르는, 평화롭기 그지없는 말. 하지만 지금의 찰리와는 어울리지 않고, 아이러니하게도 그래서 필요하다.

찰리는 셀렘과 홍콩야자 등을 들인다. 분갈이 없이 포트째 급하게 대여한 식물들은 임시 거처에 잔뜩 얼어붙은 찰리처럼 들어앉아 거짓 평온에 가담한다. 하지만 찰리가 주먹으로 친 벽의 깨진 자국처럼 곧 탄로 나고 말 불안은 식물에게서도 여지없이 드러난다. 지나치게 푸르고 완벽한 새 식물은 어떤 흠결도 없는 가상공간의 오브제 같다. 한 번도 입지 않은 새 옷의 꾹꾹 눌린 주름처럼. 찰리가 새 카펫을 깔며 어린 아들에게 말한다. "몇 개는 돌려줘야 하니까 너무 정 주지 마."

정 주지 않았다면, 애초에 이런 일은 일어나지 않았을 것이다. 어여쁘다고 자꾸 눈길 주다가 집 안에 들여 널따란 잎이 갈라져 가는 걸 볼 일도 없었을 것이고, 좋아한다고 자꾸 말하듯 넘치게 물을 주다가 노랗게 변해 가는 모습을 볼 일도 없었을 것이다.

하지만 상한 식물을 그대로 받아들이고 새순을 틔워 보면 안다. 마음 주길 얼마나 잘했는지. 상한 잎들을 기꺼이 겪을 마음으로 그대를 보면 어제는 보지 못했던 줄기의 우아함, 잎맥의 특별한 연두 같은 것들이 눈에 띈다. 돌려주는 수고보다 견디는 수고를 택하기로 한다(사랑하는 너에 대해서는).

183

꽃 피워 바람 잔 우리들의 그날.
나를 잊지 마세요.
그 음성 오늘따라
더욱 가까이에 들리네
들리네.

김춘수, 「물망초」

내가 초등학생이던 1990년대 초반은 『보물섬』, 『댕기』, 『윙크』 같은 만화 잡지가 전성기를 누릴 때였다. 만화책 뒤쪽에는 독자 편지나 특별 부록이 실리고는 했는데, 만화 대사를 줄줄 외우던 감성으로 부록에 이르면 십대 청춘들의 평범한 편지도 애틋한 로맨스로 읽히기 마련이었다. 파란 하늘에 떠다니는 구름만 보아도 만화 속 주인공과 나 사이의 경계가 흐려지던 시절이었다.

언젠가 기획 기사로 꽃말이 실린 적이 있었다. 이제 막 사춘기에 접어드는 소녀들의 감성을 자극할 요량이었는지, 주로 사랑과 관련된 꽃말들이 많았다. 그중 평생 내가 기억하는 문장이 있는데, 물망초의 꽃말이다. "나를 잊지 말아요." 나는 꽃의 언어를 그렇게 만화책으로 익혔다.

1959년 영화 『물망초』에는 페루치오 탈리아비니가 『나를 잊지 말아요』라는 노래를 부르는 장면이 나온다. "나를 잊지 말아요. 내 삶은 당신과 이어져 있어요." 사랑하는 여자가 다른 남자에게로 떠날 것이라고 믿으며 부르는 이 애절한 곡의 노랫말은 그저 잊지 말아 달라는 말의 반복이다. 한때 나는, 나를 잊지 말아 달라 부탁하는 사람이었으나 지금은 기억되기보다 기억하는 사람이고 싶다. 어쩌면 나를 잊지 말라는 뜻은 내가 그대를 잊지 않겠다는 말의 다른 화법일지 모르겠다.

푸른 빛깔이 도는 물망초는 내게 풋사랑이고 사춘기이고 영원한 청춘이다. 그러나 여리디여린 꽃망울에 바람도 힘을 빼고 조심스레 지나가는 물망초 밭이 누군가에게는 폭풍 같은 사랑의 전장이다. Forget-Me-Not! 그녀의 눈동자를 닮은 푸른 물망초를 꺾다가 도나우강 속으로 사라진 그 청년을 향해, 그리고 물망초를 머리에 꽂은 채 청년을 그리워하던 그녀를 향해 당신들의 사랑을 기억한다고 외치고 싶은 여름이다.

그날 밤 두 사람은 평소처럼 숲 가장자리에서
작별 인사를 하고 헤어졌다.

086

이디스 워튼, 『여름』(김욱동 옮김, 민음사, 2020)

그 숲에서 무슨 일이 있었는지 쉽게 상상할 수 있을 것이다. 그런 당신은 음험하고 또 사랑스럽다.

이디슨 워튼은 자신의 작품 중 가장 아끼다던 『여름』에서 생기 넘치고 관능적인 여름의 자연을 묘사한다. '수액이 부글부글 끓고 잎집이 훌훌 옷을 벗고 꽃받침이 터질 듯 차오르는 모습이 온갖 향기에 실려' 오는 유월의 숲. 거의 고립되다시피 외부와 단절된 심심한 고장에서 하릴없이 살아가는 여자애 채리티에게 '코를 찌르는 듯한 소나무 수액이 백리향의 짜릿한 향과 고사리의 희미한 향을 압도하며, 이 모든 것이 햇볕을 받아 거대한 짐승의 숨결 같은 촉촉한 흙냄새와 하나로 어우러지는' 풀밭은 사랑의 전조, 변화와 성장을 암시하는 복선이다.

여름이면 두어 번은 늦은 밤 경의선숲길을 찾는다. 영주산도 호수공원도 곡산역에서 백마역으로 이어지는 산책로도 아닌 그곳으로 이따금 간다. 거기엔 차오른 수액도 없고 온갖 초록의 열망도 없지만, 이제 막 숲이 되려고 하는 키 작은 나무들 사이사이로 머무는 여자 채리티와 곧 떠날 남자 하니가 사랑을 나누던 숨겨진 오두막 같은 공간이 있다. 플래시 게임의 장애물에 탁탁 걸리듯 나는 전진하는 데 애를 먹는다. 핫플레이스라는 카페에도 네 컷 사진을 찍는 상자 같은 가게에도 꽃집에도 밀어와 몸짓과 시선이 뒹군다. 인생의 여름을 보러 그런 거리로 뛰쳐나가는 것이냐고, 아직 너무 치기 어린 것 아니냐고?

사실 그 모든 것은 핑계일 뿐이고, 혼자서 몰래 숲 가장자리를 찾아 헤매는 밤이었을지도 모르겠다. 숲으로 걸어 들어갔던 청춘에 대해 실토하고픈 그런 밤. 하지만 또 입술을 옴짝거리다 마는 밤. 나는 이만, 등을 돌려 그저 배회하기로 한다, 숲이라고 명명되는 그 길을.

당신은 내 가슴속에서 폴짝거리며
뛰어다니는 한 마리 참새 같았다.
키 큰 나무들이 어쩌는지 나는 배우고
있었다. 가지가 조금만 벌어져도 당신은
당신 안의 하늘까지, 접근 불가능한
그곳까지 날아올랐다.

087

크리스티앙 보뱅, 「작은 파티 드레스」『작은 파티 드레스』
(이창실 옮김, 1984Books, 2021)

함께 산책을 하던 K시인이 불쑥 말했다.

"나무는 방향이 없어. 어디서 봐도 온전하단 말이야."

나는 어리둥절했다. K시인은 나보다 서른 살 이상 많기도 했지만, 그때의 나는 한창 식물의 세계에 빠져 있던 어린 식집사였다. 나무에 방향이 없다고? 무슨 말이야, 나무에게도 엄연히 앞과 뒤가 있다고!

나는 식물의 앞과 뒤를 실제로 구별할 줄 아는 나의 안목에 스스로 감탄하며 속으로 콧방귀를 뀌었다. 게다가 나는 강연을 다니면서 식물에게도 얼굴과 등이 있다고 수차례 떠들어대던 터였다.

하지만 이제는 안다. K시인의 말은 나무를 찾아오는 생명체들에게는 식물의 앞과 뒤가 중요하지 않다는 더 큰 뜻이었음을. 자연 속에서 나무는 어느 방향에서 보아도 그 자체로 온전하다. 좀 풀어 설명하자면 나무도 방향을 가지고는 있지만, 그것을 주장하지 않는다. 새가 날아가 버리고 다시 오지 않는다 할지라도 나무는 언제나 그 모습으로 그 자리에 있다. 그리고 아무리 잎이 우거져도 자유롭게 틈을 만들어 낸다. 그래서 새에게 나무는 은신처이자 비상구이다.

사람으로 치면 나무는 듣는 사람이고 맞이하는 사람이다. 사랑받는 사람이 아닌 사랑하는 사람이다.

그녀는 라일락 숲속으로 달려가 이미 꽃이 다
져가는 하얀 라일락 가지를 두 개 꺾어들더니
빨갛게 상기된 볼을 그것으로 가볍게
토닥거리며 그를 돌아보다가 힘 있게 두 손을
들어 보이고는 사람들 있는 쪽으로 달려갔다.

088

톨스토이, 『부활』(박형규 옮김, 민음사, 2015)

라일락 향기가 흐드러지는 봄이면 한동안 몸살을 앓는다. 마음에 온갖 빛깔 물결들이 바람 지나는 자리의 치맛자락처럼 펄럭거려 주체할 수 없는 감정에 휩싸이기 때문이다.

귀족이며 지주이지만 토지 사유제에 반대하며 실제로 농민들에게 토지를 나누어 주고 정의를 꿈꾸던 열아홉 청년 네흘류도프. 밤이면 잠을 이루지 못하며 공상에 젖거나 책을 읽으며 뜰을 산책하던 네흘류도프는 아름답고 청순한 카튜사를 만나 라일락 우거진 숲속에서 키스를 나눈다. 그리고 그들은 "순진한 젊은이와 청순한 소녀 사이에서 흔히 볼 수 있는, 서로 좋아하는 사이가 되고 말았"으며, 훗날 폭풍처럼 몰아치는 불행과 고통을 함께하게 된다.

온갖 풍랑을 겪다 법정에서 재회한 네흘류도프와 카튜사는 민중의 감옥에서 만나고 헤어지고 고백하고 거절하고 사랑하고 증오하고 또 사랑한다. 카튜사는 결국 혁명가인 시몬손을 택했으나, 네흘류도프를 통째로 변화시켰다.

하얀 라일락의 꽃말은 '아름다운 맹세'다.

봄밤, 열린 창으로 들이닥친 라일락 향기 같은 낯선 연인들의 들어 본 듯한 맹세들이 혹시 내게도 있었을까? 라일락 향기가 전하는 한 편의 드라마가 나의 메마른 몸을 유혹한다. 그러면 나는 못이긴 척 유혹에 몸을 맡긴 채 라일락 나무 담장을 넘어가 본다. 그럼 거기에 나이기를 바랐지만 나는 아닌, 낯선 여자가 그럴싸하게 향기 그윽한 흰 꽃들 사이를 거닐고 있는 것이다. 이런 상상이 봄밤의 호사 아닐까. 봄밤에는 응당 그래야 한다. 지난 시간을 다 무시하고, 라일락의 유혹에 기꺼이 넘어가 사랑의 단어들로 점철된 한 지점에서 지금도 어딘가에 있을 네흘류도프를 카튜사를 떠올려야 한다.

말 없는 대기 속에서 한 송이 백합이
흔들리듯이 나의 존재는 그 요소들 가운데
그 사람에 대한 매혹적인 꿈을 꾸며
꿈틀거리고 있었던 것이다.

089

프리드리히 횔덜린, 『휘페리온』(장영태 옮김, 을유문화사, 2008)

식물 일을 막 시작했을 때 내 눈을 의심하며 뜨겁게 긴장했던 순간이 있었다. 어제 핀 원추리꽃이 거짓말처럼 져 있었던 것이다. 원추리꽃이 하루 만에 피고 진다는 것을 그때 알았다. 백합목 백합과 원추리의 영어명은 'Day Lily'다. 우리말로는 하루 백합 정도인데, 식물의 이름이 이렇게 극적일 수 있을까. 하지만 다행히 그것은 꽃봉오리 하나하나의 이야기라서, 여러 꽃봉오리를 단 원추리라면 한동안 고운 꽃들을 감상하는 데는 문제가 없다.

사라지는 것에 대한 긴장과 두려움은 그런 것이었다. 날마다 원추리가 피고 지는 마음으로 사랑을 한다면, 우리는 얼마나 뜨거울까. 그런 의미에서 지상에 백합이 거듭 피어난다는 것은 또 얼마나 다행스러운가. 청춘은 끝나고 사랑은 변하고 시간은 흐르는 가운데, 피고 또 피어나며 끊임없이 "노쇠해지며 또한 회춘"하는 꽃이 있어 우리는 사랑을 잊지 않는다. 잊지 못한다.

휘페리온의 매번 피어나는 사랑은 "수호신이 구름 사이로 바라다보듯이 그대를 나를 바라다보"는 완벽한 평화 가운데 "달빛처럼 그 유일한" 사랑이다. 그 사랑은 고요한 세계에서 햇빛이 비치고 있음을 바람이 존재하고 있음을 증명하는 한 송이 흔들리는 백합과 같다. 어떤 훼방도 용납하지 않고 고고하게 빛나는 한 송이 꽃. "결코 다투지 않았으며, 결코 달아오르지도 않았었"던 순수한 사랑의 시절을 휘페리온은 지나고 있었다.

모든 것이 흐르고 지나가는 가운데 한 송이 순수한 백합과도 같았던 시절을 돌아보는 것이야말로 얼마나 고귀한 일인지, 돌아보는 그 순간에 짧았던 꽃 한 송이가 피어나게 하는 것이 얼마나 빛나는 일인지, 거리의 젊은 사랑들이 새삼스레 여겨진다.

그 이후로 나는 누구를 위해서도 꽃다발을
만들지 않았다. 우리만의 언어를 마련하고
우리는 주인을 속이는 노예와 같은
기쁨을 느꼈다.

오노레 드 발자크, 『골짜기의 백합』(정예영 옮김, 을유문화사, 2008)

펠릭스는 세상에 좀처럼 모습을 드러내지 않는 고고한 여인 앙리에트를 사랑한다. 내조, 양육, 헌신 따위의 굴레, "처벌할 수 없는 느린 살인" 가운데 던져진 여인 앙리에트. 사랑받은 적 없었던 남자 펠릭스는 엄마 같은 여인 앙리에트를 만나 성장하고, 앙리에트는 꼭꼭 닫힌 밀실에 난 창 같은 펠릭스를 사랑한다.

대놓고 사귈 수 없던 유부녀 앙리에트와 청년 펠릭스는 스치는 치맛자락의 촉감이나 다른 이에게 가려진 몸 일부의 애타는 움직임, 목소리 같은 데서 서로의 내밀한 존재를 알아챈다. 그래서 그들의 언어는 쉽게 꽃이 된다. 말할 수 있는 이들은 말로 사랑을 하고, 그윽한 몸을 만질 수 있는 이들은 몸으로 사랑을 한다. 하지만 상대의 이름을 부를 수도 상대와 눈빛을 나눌 수도 없는 이들은 멀찌감치 각자의 움직임이 만들어 내는 소리를 음악으로 여기며 꽃으로 말을 건다.

펠릭스는 "식물학자가 아니라 시인의 자세로 식물들을 깊이 연구"하며 "물가, 바위 꼭대기, 작은 계곡, 광야 한복판 등 어디든지" 헤치고 다니며 앙리에트에게 바칠 꽃을 꺾어 꽃다발을 만든다. "자연의 무한한 의미, 거기 깃든 깊은 사랑을 이해"하려 애쓰며 만든 화려한 꽃다발을 받은 앙리에트는 그 꽃다발에 깃든 연인의 사랑을, "모든 생각들"을 읽어 낸다.

사랑에 빠진 이가 왜 꽃다발을 주는지에 대해 설명하라고 한다면, 나는 이 작품의 한 대목을 들려줄 것이다. "내 정신이 애무하고, 영혼이 입 맞추는 아름다운 꽃이여! 나의 백합이여! 언제나 변함없이 줄기가 곧고, 언제나 희고, 자존심이 강하고, 향기롭고 고독한 백합이여!" 이 얼마나 근사한 고백의 문장인가. 사랑하는 이가 만든 꽃다발은 음악이고 그림이고 시다. 그가 말하고자 하는 현재 사랑의 모든 서사가 담긴 책이다.

성문 앞 샘물 곁에
서 있는 보리수
나는 그 그늘 아래서
수많은 단꿈을 꾸었네.
보리수 껍질에다
사랑의 말 새겨 넣고
기쁠 때나 슬플 때나
언제나 그곳을 찾았네.

091

빌헬름 뮐러, 「보리수」

빌헬름 뮐러의 시에 '보리수'로 등장하는 단어는 '린덴바움'Lin-denbaum이다. 영어로는 'Tilia'(피나무속)로 번역된다. 우리나라 독일어 사전에서 린덴바움을 찾으면 보리수로 나오는데, 이 보리수라는 말이 어디에 기인하는지에 대해서는 정확히 알려진 게 없다. 일본어의 잔재가 아닐까 조심스럽게 추측하는 정도다.

어릴 때는 이 보리수가 내가 좋아하는 뜰보리수인 줄 알았다. 시골집 뜰의 그 파리똥나무가 햇살에 반짝반짝 쥐똥만 한 열매들을 달고 있는 모습을 보노라면, 그런 크리스마스 전구 같은 것이 사랑의 순간일 거라 상상했다. 달콤 쌉싸름한 열매가 사랑의 맛일 거라고 여기던 시절, 사랑을 나누기에는 뜰보리수가 너무 작다는 걸 모르던 시절이었다.

뮐러와 슈베르트와 괴테가 사랑한 독일의 보리수는 파리똥나무가 아닌 피나무속의 큰잎유럽피나무다. 독일에서 이 나무는 사랑을 상징한다. 빌헬름 뮐러는 보리수 껍질에 사랑의 말을 새겨 넣고 단꿈을 꾸는 이를 노래했고, 슈베르트는 그 사랑의 언어를 기보했으며, 동시대를 산 괴테는 흠모했던 여인 안나 카타리나 쇤코프의 이름을 보리수에 새겼다.

사진으로 처음 베를린의 린덴바움 가로수길을 접했을 때, 아, 짧은 탄식을 질렀다. 저토록 큰 나무라면 기둥 뒤에 숨어 혹은 빽빽한 잎사귀들 사이에 숨어 사랑의 몸짓을 나누기에 좋았을 것이며, 그런 꿈을 꾸기에도 더없이 낭만적이었을 것이다. 그 아래 서로 깍지 낀 숱한 연인들의 손가락 사이로, 닿을 듯 가까운 입술과 호흡 사이로, 삼백 년이 넘는 시간 동안 많은 예술가들의 '린덴바움'이 음표로 음율로 음성으로 흘렀을 것이다.

움직일 수 없는 것들은
바라보는 법을 배우지; 정원을 가로질러
내가 너희를 쫓아갈 필요는 없어;

092

루이즈 글릭, 「산사나무」『야생 붓꽃』(정은귀 옮김, 시공사, 2022)

내가 아는 한 식물이 지닌 최고의 덕목은 '움직일 수 없음'이다. 식물 아래를, 식물 위를, 식물 사이를 그리고 식물 곁을 걷는 연인들. 음악과 영화, 카메라와 SNS 계정, 맥주와 와인, 책과 책, 집과 집, 좋아하는 것들과 좋아하는 것들, 거리와 거리 사이에 다리를 놓은 그 연인들은 손을 잡음으로써 온통 다정해진 것처럼 보인다. 하지만 "바라보는 법"을 아는 식물은 보았을 것이다. 결코 명명되지 못할 것들까지 온갖 것들이 피어나는 흐드러진 여름 정원에서 그들이 정신없이 각자의 세계에 몰입하여 흩어지는 모습을. "유독한 들판 깊숙이" "열정 혹은 분노를 알기 위해" 서서히 손을 놓는 운명의 풍경을.

제1회 대학가요제에서 동상을 수상한 『젊은 연인들』이라는 곡의 노랫말 가운데 이런 부분이 있다. "다정한 연인이 손에 손을 잡고 걸어가는 길 / 저기 멀리서 우리의 낙원이 손짓하며 우리를 부르네." 벗어나기, 되돌아보기 같은 자가 처방이 내려질 때 이따금 중얼거리던 곡. 그런데 늘 몇 소절 부르다가 '우리의 낙원'이라는 부분에서 걸려 멈추고는 하는 것이다. 이제 멈추지 않고 노래 한 곡을 온전하게 부르기 위하여 멋대로 그 '낙원'이라는 두 글자에 루이즈 글릭의 '여름 정원'을 대입해 본다. 그러면 나는 정지 버튼을 찾지 않고 노래 한 곡을 온전하게 부를 수 있게 된다.

고요히 바라봄은 삶에서 최고의 경지다. 그것도 움직임 없이 한 자리에서 멀리 바라보는 일은. 이를 수행한 나무처럼 '손에 손을 잡지는 않고' 걷게 된다면 나는 좀 더 잘 지낼 수 있을 것 같다. 세상의 온갖 간지러운 것들을 적대시하지 않고, 나무 그림자 그 바닥에 나뒹구는 초콜릿 껍질, 담배꽁초, 원예용 타이, 2밀리리터들이 향수병 따위를 엮어 아무도 읽지 않을 이야기를 쓰며 그럭저럭 지낼 수 있을 것 같다. 섣부른 용기가 난다.

하지만 화를 참지 못하고 섬의 가장자리에
있던 풀을 한 줌 뽑아서, 집에까지
가지고 왔어요. 지노의 풀을.

존 버거, 『결혼식 가는 길』(김현우 옮김, 열화당, 2020)

목발 같은 노를 저어 강을 거슬러 오르는 연인. 그 여자 니농은 에이즈에 걸려 머지않아 짧은 인생을 마감할 예정이고 그 남자 지노는 그 여자를 사랑하여 어쩌면 더 고단한 삶을 살게 될지 모르는 운명에 처해 있다. 남자는 절룩거리는 마음으로 노를 젓는다. 건너기 위해서가 아니라 그저 "거기 갈 수 있는 방법을 확인하러". 이제 섹스는 없을 것이고 미지의 세계를 향한 열망도 없을 것이며 무신경하게 약속이라는 단어를 뱉거나 떠올리는 순간마다 침묵이 흐를 것이다.

조녀선 드로리가 쓴 『나무의 세계』에서는 중세 유럽에서 수 세기 동안 버드나무 가지의 늘어진 모습 때문에 버드나무 화관이나 모자가 애도의 상징으로 여겨졌다고 기술하고 있다. 더불어 그러한 버드나무의 침울함은 '연인의 거절'이라는 의미까지 갖게 되었다고 설명한다.

비통한 여자의 손길을 닮은 나뭇가지로는 긴 머리칼을 늘어뜨린 채 수면에서 흐느끼는 듯한 버드나무만 한 것이 없었겠다. 니농은 하룻밤 관계로 모든 것을 망친 것만 같은 자신의 무력함에, 찬란히 반짝이는 강물에 화가 났을까. 배가 스쳐 지나가는 섬 가장자리에 삐죽삐죽 솟은 풀들은 니농의 가슴을 찌르는 창이었다가 어느 날 침대 머리맡에서 말라 가며 니농의 마음을 쓰다듬어 주는 깃털이 된다. 뾰족한 것들은 변주가 빠르다.

시장에서 타마를 파는 노인 초바나코스. 그는 니농에게 양철 심장 타마를 팔았는데, 이제 와 생각해 보니 "양철이 아니라 목소리들로 만든 타마"가 필요했던 것 같다고 말한다. 강하고 약한 것을 넘어 싱그러운 육체와 썩어 가는 피부를 넘어 오직 우정 어린 목소리들로만 이루어진 타마. 바람이 불고 나무들의 목소리가 기도처럼 들리는 밤이면 그 결혼식 가는 길, 풀 한 줌을 움켜쥔 니농의 새하얀 손가락이 떠오른다.

그런데 나로 말하면, 나는 이미 나의 검은
튤립과 푸른 달리아를 찾았다!

094

샤를 피에르 보들레르, 「여행으로의 초대」『파리의 우울』
(윤영애 옮김, 민음사, 2008)

"그토록 그곳엔 뜨겁고 변덕스러운 환상이 피어나고, 그토록 환상은 참을성 있고 끈질기게 그 나라를 복잡하고 정교한 식물들로 장식하고 있다." '정교한 식물들'이란 '원예의 연금술사'들이 네덜란드 화폐 십만 플로린을 들여 연구해야 할 희귀한 보석 같은 식물들이다. (뒤마의 소설 『검은 튤립』에서 검은 튤립을 만들어 내는 자에게 내건 상금의 액수가 바로 십만 플로린이다.) 요즘 식물테크의 대표 식물이라 할 수 있는 '몬스테라 아단소니 라니아타 바리에가타'나 이파리 한 장에 백만 원을 호가하기도 하는 '몬스테라 알보 보르시지아나 바리에가타'도 튤립 공황 시절의 튤립에 비할 바는 아니다.

"비길 데 없는 꽃" "이 기적의 꽃들"은 곧 '당신'으로 치환된다. "당신의 가슴 위에 졸며 떠가는 나의 생각", 이 고결한 감정을 부르는 향기와 우아한 줄기와 탐스러운 봉오리를 지닌 두 종류의 꽃들에게 닿는 길은 환상뿐이었던 200년 전의 상념들과 시.

제주 곳곳 푸른 수국이 지천일 때, 짧은 여행과 일탈로 사랑을 확인하는 연인들은 그 파란색이 어느 시대 열망의 빛깔이었다는 것을 알까. 신비로운 세계가 멈추고 풍요가 소망을 집어삼키는 오늘날, 연인들은 무엇을 향해 노를 저을까. 이제는 잔잔한 파문 때문에 그저 젓는다면, 푸른 수국들이 동감할까. 사랑하는 당신에게 말할 기적의 빛깔을 오늘부터 고민해 보아야겠다.

백만송이 백만송이 백만송이 붉은 장미
창가에서 창가에서 창가에서 그대가 보겠지
사랑에 빠진 사랑에 빠진 사랑에 빠진
누군가가 그대를 위해 자신의 인생을 꽃으로
바꾸어 놓았다오.

알라 푸가초바 노래,『백만송이 장미』

우리에게는 심수봉이 번안해 부른 노래로 잘 알려진 『백만송이 장미』. 나는 알라 푸가초바가 부른 원곡의 애절함이 더하다 느끼는데, 그 까닭은 가사 속에 한 화가의 절망적이었던 삶이 그대로 녹아 있어서가 아닐까 싶다.

곡의 주인공은 조지아의 화가 니코 피로스마니와 그의 그림 『여배우 마가레트』속 인물인 여배우다. 그림 속 그녀가 실존 인물이었는지, 또 작가가 그녀를 정말로 사랑했는지에 대해서는 의견이 분분하다. 사실이야 어찌되었든 가진 모든 재산과 피와 온 생을 다 바쳐 그녀의 집 앞 광장을 장미로 장식해 놓고 숨어 바라보는 남자의 사랑 이야기는 그저 애틋하고 가슴이 아프다. 장미의 꽃말은 사랑이다. 어떤 꽃말보다 단순하고 명료한 두 글자, 사랑.

니코 피로스마니는 노랫말처럼 사는 동안 가난했으며 크게 주목받지 못했던 화가다. 그런 그가 화려한 배우를 사랑했는데, 하필 그녀가 장미를 좋아했다니. 그녀가 그저 하늘이나 바람을 좋아했다면 그는 이보다 절망적이지 않을 수 있었을까. 피로 장미를 사는 일은 피할 수 있었을 테니 말이다.

트빌리시 조지아 미술관에 소장되어 있는 『여배우 마가레트』에서 마가레트는 왼손에 작은 꽃다발을 들고 있다. 나는 그 꽃을 장미라고 우기고 싶다.

꽃다발을 부케처럼 그린 것은 화가의 염원 때문이었을까. 그 사랑은 이루어지지 않았지만, 상상해 본다. 그림과 같은 자세로 마가레트가 장미 꽃다발을 들고 니코 피로스마니를 기다리는 순간을. 사랑만큼 불가해한 것이 있을까. 그러니까 괜찮다고, 이 그림과 노랫말은 우리 모두의 일이라고 떠나간 화가의 어두운 색채 앞에서 중얼거려 본다.

이는 아름답다, 그렇지만 저 길에 늘어선
플라타너스의 나뭇가지들이 살을 발라낸
뼈처럼 번쩍인다는 생각이 든다.

존 치버, 『존 치버의 일기』(박영원 옮김, 문학동네, 2016)

태풍이 시작되는 날이었다. 자동차 바퀴에 꺾인 나뭇가지가 탁탁 걸렸다. 나는 바깥에 내놓은 화분들이 걱정되어 부랴부랴 집으로 돌아왔다. 어지간한 바람엔 끄떡없을 무거운 화분이었기에 그게 넘어간다면 끝장이다, 나쁜 상상도 하며. 아니나 다를까 찢어지고 갈라지고 연약한 줄기와 이파리들이 거센 바람에 휘청거리고 있었다. 그러나 묵직한 화분이 넘어갈 만한 거대한 바람은 아직 오지 않았다. 안도하는 마음으로 화분을 집 안으로 들이다가 나는 뜻밖의 풍경에 자지러질 뻔했다.

어두운 빛깔의 초콜릿 가루 같은 것들이 발바닥에 불편하게 달라붙었고, 열린 창마다 물결치듯 들이닥치는 바람에 실려 벌레가 낮게 부유하고 있었다. 지금껏 본 적 없는, 세상에서 가장 특별한 비행체였다. 아, 지금이야 이렇듯 여유 있게 말하지만, 그 순간엔 정말 기절하는 줄 알았다. 바람에 따라 방향과 속도를 달리하며 날렵하게 움직이는 낯선 괴생명체들을 상상해 보라.

길고 거대한 것들이 쓰러질까 불안했던 날, 배양토와 코코피트와 바크로 아수라장이 된 거실 가운데서 나는 가장 가벼운 것들의 소란을 보았다.

후, 하고 화분 위로 입김을 불어 본다. 바람 불던 그날처럼 흙이 날린다. 자전거로 초록의 내리막길을 달리는 소년 같다. 그 모습을 보노라면 나는 다음 태풍에도 창을 닫지 않기로 다짐하고 만다. 화분 위를 자갈이나 마사토 등으로 보수할 생각도 없다. '어쩔 수 없는 불편함'을 작정한다. 조금 즐거울 예정이다.

"공원에 핀 천수국을 훔치는 여자를, 나무 뒤에서 오줌 누는 노인을" 기웃대는 작가의 눈에 띈다면 무어라 단순하게 표현될지 모르겠다. 아마도 '이는 아름답다, 그렇지만……'이라고 시작하지 않을까.

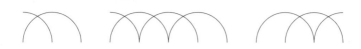

(불쌍한 인간! 그렇지만 나는 그대의 슬픔과
그대를 괴롭히는 그 정신착란을 오히려
부러워한다!) 그대는 희망이 가득하여
사랑하는 그대의 여왕을 위하여 겨울에도
꽃을 꺾으려고 헤매고 다니지 않는가.

097

요한 볼프강 폰 괴테, 『젊은 베르테르의 슬픔』
(박찬기 옮김, 민음사, 1999)

베르테르가 숲에서 만난 남자 하인리히는 사랑하는 연인에게 줄 꽃을 찾아 헤매고 다닌다. 그는 미친 사람이지만, 베르테르의 눈에 그는 확신하는 자이다. 용감한 자이고 부러운 자이다.

"벌써 이틀째나 찾아다니고 있는데 도무지 찾을 수가 없습니다. 이 근처에도 언제나 꽃이 있었습니다. 노란, 푸른, 붉은 꽃들인데 그것 말고도 용담초에는 아름다운 꽃이 핀답니다. 그런데 하나도 찾을 수가 없습니다."

하인리히가 말하는 용담은 푸른 빛깔 꽃을 피운다. 겨울이 오기 전까지 한 송이 한 송이 피었다가 지는 용담을 겨울에 찾을 수 있을 리 없다. 한겨울에 꽃을, 그것도 세상에 거의 없는 푸른 꽃을 찾는 남자의 사랑에 베르테르는 쉽게 감응한다.

이 미친 남자에 비하면 베르테르는 얼마나 가련한가. 그는 사랑하는 로테의 남편이 될 알베르트와 산책을 하면서 그 "우스꽝스러운" 세 사람의 관계를 보며 공들여 만든 아름다운 꽃다발을 냇물에 던져 버린다. 그리고 그것이 흘러가는 모습을 하염없이 바라본다. 베르테르는 결정하지 못하는 자이고 쟁취하지 못하는 자이고 그리하여 사랑의 약자다. 그런 베르테르는 이따금 속으로 차라리 하인리히처럼 미쳐 버렸으면 하고 바랐으리라.

베르테르가 보여 주는 머뭇거림과 금지된 사랑을 향한 순수한 열정이야말로 얼마나 우리를 애절하게 만드는 생의 소재들인지. 겨울에 찾아 헤매는 꽃 한 송이처럼. 용담의 꽃말은 '당신이 슬플 때 나는 사랑한다'이다. 괴테가 남긴 『이탈리아 기행』에도 물가에 핀 용담에 대해 언급한 부분이 있는데, 괴테가 보았던 푸른 꽃 용담은 어떤 모습이었을까. 베르테르가 자신의 머리에 권총을 겨눌 때 입고 있던 푸른 연미복과 비슷한 빛깔이었을까?

큐피드의 화살 맞은
자주색 꽃이어,
이 눈동자 적시어라.
그가 님을 보게 되면
그녀는 저 하늘 샛별처럼
찬란하게 빛나리라.

098

윌리엄 셰익스피어, 「한여름 밤의 꿈」『셰익스피어 전집 1』
(최종철 옮김, 민음사, 2014)

오베론의 명령을 받든 요정 퍽은 드미트리우스로 오인한 라이샌더의 눈꺼풀에 자주색 사랑꽃 즙을 짜 바르며 말한다. 드미트리우스를 짝사랑하는 헬레나가 곁에 왔을 때, 그 눈을 뜨자마자 눈앞에 있는 그녀를 사랑하게 되라고. 이 장난 같은 우연으로 허미아와 사랑의 도피를 떠나 온 라이샌더가 헬레나를 사랑하게 되는 웃지 못할 상황이 벌어지고 만다. 이때 자주 빛깔 사랑꽃이 바로 팬지다.

에밀리 디킨슨은 팬지를 두고 "과도기적이라는 점이 팬지의 유일한 고통"이라고 했는데, 셰익스피어의 노래를 읊조리다 보면 추운 날 피어 더위에 사그라드는 생물학적 과도기를 사랑이라는 감정의 변화무쌍함에 빗대어 '고통'이라는 낱말을 고른 것이 아닐까 생각해 보게 된다. 허미아의 아버지가 딸의 결혼 상대자로 고른 드미트리우스. 그 드미트리우스를 사랑하는 헬레나. 사랑의 도피 행각을 벌인 허미아와 라이샌더. 큐피트의 화살이 공중에서 방황하기라도 하듯 청춘들의 희극에 나도 덩달아 많이 설레었다.

식물은 인간의 바람이나 욕망, 기대와 함께 살아간다. 그럴 때 우리는 식물의 역할에 집중하고는 한다. 이자벨 트리가 책 『야생 쪽으로』에서 지적하듯, 양골담초는 빗자루의 재료였고 야생 자두는 와인과 진에 풍미를 더했으며 자작나무는 얼레와 실패를 만드는 데 쓰였고 개장미 로즈힙은 시럽이나 소스의 원료로 쓰인 것처럼. 이런 식으로 역할에 집중하여 식물을 분류한다면, 사랑의 묘약을 만들 재료로는 이 팬지꽃 즙이 딱이다.

저기, 네가 언젠가 말했던, 너의 색감에
영감을 준 빛깔들이 보여. 너는 거리를
다니던 여자들의 옷차림에 마음을 빼앗겼지.
사프란색 안감이 드러나 보이는 녹색 카프탄,
칠흑 같은 술을 단 스카프 같은 것들 말이야.
하지만 이런 것들도 있었지. 능소화와
푸른 멀구슬나무, 붉은 히비스커스, 주황색
군자란, 진주모빛 수련. 이런 것들이
너를 행복하게 만들곤 했어. 우리가 가장
행복했던 시절이었지.

피에르 베르제, 『나의 이브 생 로랑에게』(김유진 옮김, 프란츠, 2021)

피에르 베르제는 죽은 연인 이브 생 로랑을 그리워하며 편지를 쓴다. "마라케시에 머물면서 어떻게 너에 대해 생각하지 않을 수 있을까?"로 시작하는 편지에는 두 사람을 사랑하게 하고 행복하게 했던 지상의 선물들이 나열되어 있다.

처음 만나 이브 생 로랑이 죽을 때까지 오십여 년을 연인으로 지낸 두 사람은 사랑해 마지않던 마조렐 정원을 사들여 선인장과 온갖 열대식물로 둘러싸인 정원 속 빌라 오아시스에 보금자리를 꾸민다. 코발트블루와 도시 마라케시를 누비던 온갖 블루들이 혼합되어 마조렐 식으로 재정립된 빛깔 마조렐블루. 아름다운 마조렐블루는 마조렐 정원의 색이며 동시에 편견을 무너뜨린, 아니 편견이라는 단어조차 입에 담으려 하지 않았던 두 남자의 색이다.

하지만 그들의 지독한 사랑과 그들을 휘감고 있던 세기의 아름다움을 어떻게 블루만으로 설명할 수 있겠는가. 사프란색, 멀구슬색, 히비스커스색, 군자란꽃색, 진주모빛…… 피에르 베르제가 열거한 대로 온갖 빛들이 그들을 에워싸 때로는 가두고 때로는 폭발하며 미칠 것 같은 추상의 세계로 안내한다.

"매일매일 생각해. 네가 해 지는 광경을 좋아했던가? 내 정원의 보리수 위로 빗물이 떨어지는 모습을 좋아했던가?"라고 또 쓰며, 이제는 확인할 수 없는 궁금증과 다정함을 부치지 못하는 편지로 남기는 피에르 베르제. 그의 펜이 지나간 원고 위에서라면 보리수도 부겐빌리아도 아마릴리스도 히비스커스도 멀구슬나무도 모두 다 사랑이 되고 만다.

여름에 루핀꽃이 피면, 마음속에 문이 하나
열리면서 나는 크레타로 돌아간다.

100

수 스튜어트 스미스, 『정원의 쓸모』(고정아 옮김, 윌북, 2021)

피고, 열리고, 흙으로 돌아가고, 돋고, 또 피고. 이러한 의식 같은 과정이 식물은 가능하다. 그것이 불가능한 인간은 겨우 기억을 되살려 볼 뿐이다. 그나마 온전할 리 없다.

식물에게로 가는 길을 알아야 하고, 식물과 마주치면 그 식물을 알아보아야 한다는 식물학자 허태임의 말이 떠오른다. 우리는 길을 잃었고, 얼굴을 잊었다. 정말로 더 이상 싱아를 찾지 못하고 싱아를 모르는 것처럼.

토끼풀꽃이 피면 문이 열리고 그 잔디밭에 배를 깔고 엎드려 아빠와 나란히 카메라를 보고 있는, 손목에 꽃팔찌를 찬 여자아이가 떠오른다. 고추꽃이 피면 또 문이 열리고 흰 꽃이 이상한 별처럼 빛나는 고추밭에서 슬픈 사람의 품에 안겨 있는 그 애가 또 거기에 있다. 대장동 어느 집 뜰에 꽃잔디가 한창일 땐 잘못된 악보 같았던 그 집 거실이 떠오른다. 노래『황성옛터』속 허물어진 성터에 방초만 푸르른 풍경 위로 할아버지의 카랑카랑한 노랫가락이 아무렇게나 나뒹굴던 그 집. 치자꽃을 보면 시간을 거슬러 올라 외부에는 감나무집처럼 보였지만 그 내부는 사실 분꽃과 치자의 집이었던 어린 날들의 대문이 열린다. 괴로웠든 슬펐든 죽을 것 같았든 어쨌든 간에.

기억의 문은 다른 이유로도 열릴 것이다. 꽃이 아닌 수만 가지 이유로도 열릴 것을 안다. 하지만 여린 잎사귀로 갑작스레 열리는 초록 캔버스 앞에서 당신은 무엇이라도 그리기 위하여 몸을 곧추세우고 목소리를 가다듬으며 말하게 될 것이다. 언젠가 있었던 당신의 이야기에 대하여. 그런 일이 아니면 마치 없었던 듯 존재하지 않을 이야기에 대하여.

그러니 우리는 자물쇠를 느슨히 하고 초록의 그 문이 쉽게 열리게 조금만 방심하며 지내자.

정원의 말들
식물에게서 배우는 법

2023년 9월 4일   초판 1쇄 발행

지은이
정원

펴낸이   **펴낸곳**   **등록**
조성웅   도서출판 유유   제406-2010-000032호(2010년 4월 2일)

                    주소
                    경기도 파주시 돌곶이길 180-38, 2층 (우편번호 10881)

전화   **팩스**   **홈페이지**   **전자우편**
031-946-6869   0303-3444-4645   uupress.co.kr   uupress@gmail.com

                    페이스북   **트위터**   **인스타그램**
                    facebook.com   twitter.com   instagram.com
                    /uupress   /uu_press   /uupress

편집   **디자인**   **조판**   **마케팅**
인수, 송연승   이기준   정은정   전민영

제작   **인쇄**   **제책**   **물류**
제이오   (주)민언프린텍   다온바인텍   책과일터

ISBN 979-11-6770-068-1 03810